KB121899

Copyright © Pavilion 2013
Text © Chris Haddon 2013
Design © Pavilion Books 2013
Published by arrangement with Pavilion Books Company through Icarias Literary Agency
Korean Translation Copyright © 2014 EK BOOK

이 책의 한국어판 저작권은 Icarias Agency를 통해 Pavilion Books과 독점 계약한 (주)이케이북에 있습니다.
저작권법에 의하여 한국 내에서 보호를 받는 저작물이므로 무단 전재와 복제를 금합니다.

자전거를 좋아한다는 것은

자전거를 좋아한다는 것은

자전거와 자전거 문화에 대한 영감어린 사진 에세이

크리스 해던 글·린던 맥닐 사진

김병훈 옮김

이케이북

차례

상상해보라. 자전거가 없는 세계를. 교통수단으로 선택할 수 있는 것이 걷기나 내연기관 엔진뿐인 세계를. 그리고 또 상상해보라. 누군가 오직 사람의 힘으로만 움직이는 두 바퀴 물체라는 아이디어를 구현한 것이 얼마나 대단한 발견인지를. 그 사람은 천재로 불릴 것이다(실제로도 큰 부자가 되었다).

고맙게도 자전거는 오랫동안 우리 주변에 있어왔고, 모두가 고마워하는 발명품이다. 많은 사람에게 어린 시절 자전거를 탔던 그리운 추억이 없다면 인생 자체가 달라졌을 것이다. 자전거 가게에서 코를 간질이는 고무 냄새와 금속 냄새를 참아가며 자전거를 고를 때면, 거리에 있는 자전거들보다 기어가 더 많은 자전거를 타게 된다는 사실에 잔뜩 들뜬다. 어둠 속에서도 달릴 수 있게 라이트를 달고, 혼자서 이블 크니블Evel Knievel(1938년 미국에서 태어난 오토바이 스턴트맨으로, 모터사이클 점프의 창시자이다-옮긴이)의 모터사이클 소리를 흉내 내려고 종이상자를 뜯어 바퀴의 스포크에 끼워 넣기도 한다! 몇 시간 동안 동네를 돌아다니면서, 핸들을 독특한 방식으로 돌린다는 핑계로 엉뚱한 방향으로 가거나 비틀비틀 넘어질 뻔하기도 한다. 가장 재미있는 것은 죽을 힘을 다해 핸들바를 쥔 채 통제되지 않는 채로 무서운 속도로 내리막길을 달릴 때다! 아마 지금쯤 이런 것들은 나이 먹은 사람의 추억으로 치부될 게 분명하다. 하지만, 물론 내가 도박사는 아니지만 이 책을 읽고 있는 사람들의 마음속에 어떤 울림이 있다고 확신한다.

1890년대에 이르러 자전거는 대중적인 탈것으로 자리 잡았다. 이때부터 자전거는 오랜 세월 생활의 일부분이 되어 더 단순했던 어린 시절과 지금의 우리를 이어주는 연결고리가 된다. 현대 문명의 발전에도 불구하고, 자전거는 뒷자리로 밀려나지 않은 채 지위나 직업과 무관하게 수백만 명의 추억으로 남아 있다.

자전거는 멋지다! 유명 자전거 선수는 슈퍼스타급 대우를 받고, 그들의 이름은 A급 명사들과 같은 반열에 오른다. 자전거 타기는 더 이상 당신이 한때 피하려고 했던 사람들만의 영역이 아니다. 여러 매체에서 자전거를 즐기는 사람들이 늘어나고 있음을 알려준다. 자전거는 가히 최고의 인기를 누리고 있다. 자전거가 다시 인기를 끌면서 고급 자전거 숍, 자전거 카페, 패션(라이크라Lycra만이 아니라)을 비롯해 다양한 파생상품들이 홍수처럼 쏟아지고 있다.

어쩌면 이 시간에도 허세 가득한 자전거를 가지고 있거나 깡마른 바퀴를 끼운 복고풍 모델, 유행을 선도하는 두터운 림, 도심 쇼핑 모델, 페니파딩(크기가 다른 영국의 옛날 동전 페니와 파딩을 붙여놓은 것처럼, 앞은 크고 뒤는 작은 바퀴를 단 자전거. 19세기 말 유행했다-옮긴이), 싼값에 나왔거나 중고로 나온 자전거를 찾는 사람들이 있을 것이다. 아니면 낡은 재고품 자전거를 거부하며 아직도 뭔가 특별한(고귀한 혈통의 빈티지 모델) 것을 찾을 사람도 있을 것이다. 넘쳐나도록 풍족한 자전거 문화를 탐색하는 것보다 더 행복한 일이 있을까?

맞다. 자전거는 위험하기도 하다. 대자연은 기본적으로 무자비하고, 도로에는 참을성 없는 사용자와 비열한 도둑도 있다. 하지만 이 책을 읽는 동안에는 그런 부정적인 생각들은 한쪽으로 밀쳐놓자. 자전거는 말 그대로 깨끗하고 친환경적이며, 흥미롭고, 사회적이고, 상대적으로 저렴하고, 신속한 도시 교통수단이며, 무엇보다 당신에게 좋다. 이 모든 것들이 한 데 뒤섞인 것이 바로 자전거이다.

이 책에 실린 사진들을 되돌아보았다. 책에 실을 최고의 이야기와 이미지를 고르던 힘겨운 경험이 주마등처럼 스쳐지나간다. 이야깃거리를 찾기 위해 세계 각지에 흩어진 친구를 만났다. 전 지구를 망라하는 주제를 실현하려면 그럴 수밖에 없었다. 목표는, 놀라운 도전을 통해 개인적인 성취의 지평을 넓힌 사람들 또는 탁월한 운동능력을 인정받은 사람들을 포착하는 것이다. 어떤 면에서 그들의 도전은 자전거를 대안적이고 가끔은 예술적인 용도로 활용하면서 '초라한 자전거'라는 개념을 바꾸고 있다. 한편, 다른 사람들도 인생에서 자전거가 선사하는 유머러스하고 정열적이며 때로는 매우 중요한 역할을 보여준다. 그리고 자전거가 개인적인 스타일의 연장이거나 자신의 자전거를 손수 꾸미는 것을 통해 창조성을 표현하는 기회로 여기는 수집가, 디자이너, 클럽, 소유자, 개인 들이 있다.

린던과 나는 런던과 파리, 브뤼셀, 암스테르담, 콘월, 스코틀랜드, 뉴욕을 여행했다. 여러 재능 있는 사진가들의 도움을 받아 우리의 영역은 베이징, 아이오와, 테네시, 오리건, 이탈리아 그리고 아프리카까지 확장되었다. 이 책에 등장하는 사람들은 자전거에 대한 열정을 지닌 진정한 애호가들이다. 이 책에 실린 모든 사람과 모든 물건은 있는 그대로의 환경에서 촬영한 것이다(사진을 연출한다는 것은 공정한 일이 아니다).

우리가 보고 들은 것을 정서적으로 가장 잘 이해할 수 있는, 웃기거나 놀라우며 또는 초라한(때로는 세 가지 모두) 사진들과 우리는 가끔 동떨어져 있다. 분명히 말할 수 있지만 린던과 내게 이 책을 펴내는 것은 매우 즐거운 일이었다. 당연히 우리는 이 책에 현실감을 더하기 위해 기꺼이 시간을 내준 사람들에게 대단히 고마워하고 있다. 이 책의 바탕에는 자전거는 인종과 성, 나이, 빈부 또는 계급의 차별을 없애준다는 생각이 있다. 한마디로 자전거는 진정한 사회적 평준화를 이끄는 수단인 셈이다. 내가 살면서 유일하게 후회하는 것은 장모님에게 자전거 타는 법을 알려드리지 못한 것이다. 몇 가지 이유로 이 능력만은 항상 그녀를 피해갔다. 슬프게도 어떤 일은 마음대로 되지 않는다.

이 책의 독자는 아마도 언제나 자전거를 즐기거나 자전거를 열망하는 사람일 것이다. 어쩌면 건강한 레저 활동이나 값비싼 통근의 대안을 찾고 있을 수도 있고, 아니면 오직 자전거만으로 성취할 수 있는 더욱 직접적인 방법인 여행이나 모험을 계획하고 있을 것이다. 아니면 두 바퀴의 리듬을 따라, 고독하면서도 마음의 정화를 얻을 수 있는 취미를 찾고 있는지도 모른다. 어쩌면 자전거가 같은 생각을 가진 개인들의 커뮤니티에 참여하기 위한 새로운 수단이나 사람들을 만나는 방법일 수도 있다. 무얼 찾고 있건 이 책이 답을 주지는 않는다. 나는 그저 사람들이 이 책을 즐기고, 이 책이 자전거에 대해 새로운 영감과 참신한 시각을 북돋아주기를 바랄 뿐이다.

암스테르담

함께하기

누가 됐든 자전거를 생각하면 열정적으로 한마음이 된다. 이것이 바로 자전거가 항상 안고 있는 특징인데, 이것을 빼놓고는 자전거 이야기를 할 수 없다. 이런 열정은 새로운 유행을 만들어내면서 문화를 진화시킨다. 그리고 새로운 사람들이 안장에 오를 때마다 자전거 커뮤니티는 더욱 단단해진다.

자전거 타기에 관한 문화와 태도는 지역에 따라 다르다. 다른 지역보다 한층 진보한 지역이 있는 것도 사실이다. 예를 들어 암스테르담은 자전거 문화가 매우 뿌리 깊다. 그곳에서 자동차는 자전거의 수요와 힘에 밀려 두 번째 자리를 차지할 뿐이다. 어떤 사람들에게 자전거를 탄다는 것은 레저 활동을 넘어 일상이 되었다.

브리기Briggy의 허름한 자전거포에 가면 자전거에 대한 그의 빛나는 헌신을 볼 수 있다. 자전거는 그에게 가장 중요한 생계 수단이다. 하지만 다른 사람을 돕거나 그들을 위해 시간을 내주는 그의 진심어린 태도를 보면, 그를 움직이는 힘은 그것만이 아니라는 생각이 든다. 이런 헌신 덕분에 그의 가게는 초라한 자전거포를 넘어 지역의 중심지가 되었다.
잘되는 자전거포에는 오래전부터 사람들이 찾는 그곳만의 비결이 있다. 이런 가게에는 손님이 원하는 대로 자전거를 꾸며주는 사람이 있다. 그들은 완벽한 도시 교통수단을 디자인하는 기술자이다.

느림을 거부하는 최첨단의 시대에도 '목요일클럽' 같은 모임은 편안한 의자와 슬리퍼나 어울릴 시간에 자전거로 수십 킬로미터를 넘게 달리면서 결속력을 다진다. 그리고 '자전거 본부Ministry of Bicycles'(영국 노샘프턴에 본부를 둔 세계적인 자전거 시민단체-옮긴이)에는 평일 저녁마다 자전거를 타려는 각계각층의 사람들로 붐빈다. 우아하게 달리는 것을 좋아하는 말쑥한 차림새의 사람들과 자부심과 즐거움을 전파하는 브루클린 자전거클럽도 마찬가지다.
이번 장에서는 사람들이 자전거에 빠져들 수밖에 없는 자전거 문화의 다양하고 놀라운 모습을 살펴볼 것이다.

브리기의 자전거포

"어떤 모습이 되든 내 가게는 지금과 같지는 않을 거요." 브리기는 2002년 바하마에서 옮겨온 후 자전거 수리점인 '브리기의 자전거포Briggy's Bike Shack'를 열었다. 카리브해 사람답게 여유로운 브리기는 평범하지 않은 곳에서 일한다. 런던 워털루역 바로 옆에 있는 시장 한편에 외양간으로 쓰려고 비워놓은 창고이다.

"최첨단 시설일랑은 기대하지 마쇼. 대신 자전거에 대한 진정한 열정은 볼 수 있을 거요. 내 점포에서는 공구를 그냥 무료로 사용해도 되고, 또 내가 공짜로 해줄 수 있는 것이 있으면 그냥 해주지. 어떤 사람한테는 자전거가 유일한 교통수단이라오. 얼마 전에 버린 자전거 몇 대를 구했는데. 아주 조금만 손보면 되는 것들이었지. 고치고 나선 아는 사람들 중에 자전거가 필요한 사람들한테 선물했다우. 장사 수완이 형편없다는 건 나도 알지만, 뭐 대가를 꼭 돈으로만 받는 건 아니니까. 많은 사람이 돈에 꽉 붙잡혀 사는데, 나는 사람들이 자기 인생을 살면서 좋은 일을 하는 게 더 만족스러워요. 죽으라는 법은 없는지, 가는 것이 있으면 오는 것도 있더라고."

브리기는 꽤 많은 자전거를 입수해서 수리해 되파는데, 빈티지 스타일부터 최신 모델까지, 픽스드 기어fixed gear(픽시fixie라고도 부르며, 브레이크와 변속기가 없는 트랙용 자전거를 도로에서 타면서 일반화되었다-옮긴이)부터 경기용 모델까지 다양하다.

BRIGGY'S BIKE SHACK

"사람들이 내 가게를 찾는 것이 좋아요. 여기를 자전거 사랑방 정도로 생각하더라고. 동네 가게들은 정기적으로 찾아오는 노숙자에게 음식을 제공하는데, 그치들도 여기에 오면 항상 먹을 것이나 마실 게 있다는 걸 알지. 이건 거짓말이 아니야. 나는 사람들을 위해 시간을 내는데, 내가 하는 일이란 그저 사랑과 존중을 보여주면서 잘 대하는 것뿐이외다.

내가 일부러 요상한 자전거 복장으로 맞춰 입은 건 아니라우. 나도 시합을 할 때는 세미프로처럼 라이크라를 입기도 하지. 하지만 믿음직스럽긴 해도 굉장히 무거운 1920년대 롤리Raleigh(1885년 창립한 영국의 유서 깊은 자전거 메이커이다. 국내에는 '라레이'라는 이름으로 일부 모델이 수입된다─옮긴이) 자전거를 타고 해마다 런던에서 열리는 트위드런Tweed Run에 참가할 때는 라이크라 의류나 작업복을 기워서 입는다우. 롤리는 튼튼하지만 내 탄소섬유 경주용 자전거랑은 완전 딴판이외다.

여기서 지낼 날이 얼마 남지 않았다는 게 제일 걱정이오. 떠나게 된다면 마음이 갈가리 찢길 것 같지만 나는 지금 무허가로 있는 거니까. 이 지역은 바뀌고 있고, 이 가게는 그런 계획과 맞지 않는 모양이지. 가게를 빼앗기더라도 원망하지는 않을 거요. 내 열정은 가져갈 수 없고, 내 안에 있는 신념도 가둘 수 없으니까. 그거야말로 온전히 내 것이니까 말이오."

픽스드 앤 칩스

"당황스러움은 호기심으로 바뀌었고, 다시 집착으로 변했어요." 아드맨 애니메이션 Aardman Animations의 디지털 무기(더 정확하게 말하면 점토로 만든 무기) 수석디자이너이자 예술감독인 가빈 스트레인지Garvin Strange의 말이다.

"한 친구가 픽스드 기어라는 걸 주문한 것이 시작이었어요. 아무 장식이 없는데도 연청색 비앙키Bianchi(이탈리아의 유서 깊은 자전거 메이커로, 에메랄드빛 컬러가 특징이다-옮긴이)가 어찌나 아름답던지 무척 흥미로웠죠. 한번 타보라는 설득에 넘어가 주저하면서 안장 위에 올랐죠. 아무 생각 없이 도로를 오르락내리락 천천히 달렸어요. 관성으로는 탈 수 없는 자전거였죠. 하지만 그 자전거의 순수한 단순미와 개조 가능성은 제 취향에 딱 맞더군요. 5년 후, 나는 세 대의 순수한 픽시 예술품과 함께 '개종'했어요. 제 픽시는 리버라치Liberace 1보다 크고 세련되고 분홍색이 더 진한 리버라치 2 피닉스예요. 리버라치 1은 슬프게도 도둑맞고 말았죠.

나는 장거리 여행이나 고속 주행보다는 가볍게 타는 것을 좋아해요. 그래서 주중에 '칩가게 탐방Chip Shop Ride'이라는 이벤트를 조직했어요. 우리는 브리스톨의 중심가에 모였다가 조금 달려서 대화를 나누기 좋은 칩 가게로 갑니다. 이것 때문에 '픽스드 앤 칩스Fixed 'n' Chips'라는 문화가 생겼는데, 시간보다는 장소에 중점을 두고 편안한 분위기에서 단체로 픽시를 타는 것을 말해요. 첫 번째 라이더가 체크포인트인 다섯 군데 칩 가게에 도착하면 10포인트를 얻고, 두 번째 라이더는 9포인트를 얻는 식이에요. 하지만 라이더들은 체크포인트에 멈춰서 추가로 주는 보너스 5포인트를 위해 으깬 소시지(또는 으깬 완두콩)를 게걸스럽게 먹을 수도 있어요. 전략적인 측면에서 볼 때 전 구간을 가장 빨리 달린 사람이 꼭 이기는 것은 아닙니다. 그보다는 꾸준히 달리면서 모든 체크포인트에서 잘 볶아낸 스낵을 즐기는 편이 더 낫죠.

저는 단지 제가 할 일을 할 뿐이죠. 브리스톨의 다양한 자전거 커뮤니티를 위해 포인트 박스에 표시하는 거요."

목요일 클럽

"솔직히 실수일 뿐이고, 내가 고급 레드 와인을 좋아한다는 의미는 아니었네." 레이싱 선수 출신인 존 로즈John Rhodes는 인정했다.

"좋은 일이 생길 때면 늘 그렇네만, '갈증 클럽Thirsty Club'이라는 자전거 클럽에 동참하도록 초청받았을 때는 이미 은퇴한 뒤였지. 무엇보다 클럽 이름이 기막혔는데, 술집이나 신선한 공기 그리고 자전거가 떠오르지 않나? 처음 야외 라이딩을 나갔을 때 물구덩이를 몇 개 지나면서 놀랍게도 클럽 이름이 한가한 연금 생활자들이 자전거를 타며 술집을 순례하는 것이 아니라 '목요일Thursday 클럽'이라는 걸 알았다네! 그나마 다행스럽게도 코스에 최소한 한 군데 씩은 술집이 있었고, 종종 슈롭셔 지방 일대에 펼쳐진 수많은 시골길을 40마일(약 60킬로미터) 정도 달리곤 했지."

존은 상당히 기본형에 가까운 도심형 자전거를 타지만 그의 클럽 동료들은 클래식 모델부터 한층 현대적인 강철 프레임 모델까지 다양한 자전거를 탄다.

"회원들은 프로 사이클리스트 출신(나는 타이즈는 입지 않고 헐렁한 바지와 셔츠, 크라바트Cravat가 더 좋다

네)과 좋게 말해서 나이 든 베테랑 사이클리스트가 뒤섞여 있다네. 가장 젊은 친구가 쉰다섯 살이고, 최고령자가 아흔셋이니, 여든다섯인 나는 막내는 아니지만 아직은 한참 더 달릴 수 있어. 아내가 위급상황을 대비해 휴대전화를 꼭 챙기라고 했지만 넘어지면서 전화기를 깔아뭉갤 때까지 모든 건 괜찮았고 또 좋았지.

우리는 비공식적으로 최소한의 규칙만 유지한다네. 여자는 안 되고(요즘은 정치적으로 바람직하지 않겠지만), 목요일에 죽을 수는 있어도 장례식은 목요일에 해선 안 되네. 그렇게 되면 하루의 멋진 라이딩을 망치게 되잖나. 그래, 섬뜩한 얘기인 것은 맞아. 하지만 우리가 살아 있는 동안은 얼마든지 이런 룰을 비웃어도 좋다네.

클럽은 1977년 에디 싱글러와 노먼 헤이즈록이 설립한 뒤로 꾸준히 유지되어왔네. 슬프지만 둘 다 1990년 대까지 자전거를 잘 탔는데 지금은 곁에 없지. 해마다 에디의 생일이 되면 그의 딸이 우리에게 위스키 한 병을 보내준다네. 그러면 우리는 바짓단 클립Trouser clip(자전거를 탈 때 크랭크의 기어가 닿지 않도록 오른쪽 바짓단을 묶는 클립-옮긴이)을 영원히 떼어낸 채 멋진 사이클리스트들이 가는 곳으로 우리보다 먼저 간 동료들을 추억하며 잔을 들지."

호스 사이클스

"내 목표는 새로운 유행을 탐색하면서 항상 새로운 자전거를 만드는 겁니다. 새로 주문받은 자전거를 만들 때 손님과 하나 되어 작업하는 과정 자체가 큰 즐거움입이다." 뉴욕 브루클린에 자리한 호스 사이클스Horse Cycles의 프레임 빌더 토머스 캘러헌의 말이다.

"호스 사이클스를 설립하기 전에는, 그리고 프레임 빌딩을 시작하기 이전에는 자전거가 어디서 오고, 어떻게 만들어지는지 전혀 몰랐어요. 하지만 손으로 작업하는 일을 하면서 자전거를 어떻게 만드는지 알게 되었고, 지금은 인생이 되었죠."

토머스는 손님 스스로 부품과 세부적인 디자인까지 선택하는 것을 돕는 '안내자'라고 묘사한다. 그는 고객별로 스무 가지 치수를 측정하고, 고객이 자전거를 타는 모습을 지켜보면서 그들이 좋아하거나 싫어하는 점을 확인한다. 이렇게 각각의 손님에게 맞는 특별한 자전거가 태어난다.

"호스 사이클스에 대한 영감은 서부영화와 오래된 카우보이 영화에 대한 애정에서 비롯되었어요. 그건 자동차나 대중교통에 의존하는 것이 아니라, 자유로운 이동에 대한 이야기이기도 하죠. 언제든 마음 내키는 대로, 어디든 분위기가 이끄는 곳으로 갈 능력만 있으면 됩니다. 이런 것이 몸과 마음에 좋은 영향을 미치는 것이지요. 다른 사람들을 위해 자전거를 만들면서 내가 느끼는 즐거움을 그들도 경험하기를 바랍니다."

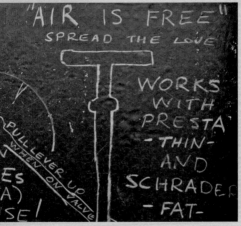

협동조합

1980년대 초반의 영국, 특히 런던 브릭스톤 지역은 불경기와 폭동으로 신음하고 있었기 때문에 새로운 사업을 시작하기에는 정말 나쁜 환경이었다. 신념에 찬 세 사이클리스트인 팀과 톰, 폴은 다른 자전거 업체에 환멸을 느끼고는 그들처럼 사이클링에 열정적인 사람들을 돌보는 가게를 열기로 작정했다. 브릭스톤사이클스의 나이젤은 이렇게 설명한다.

"노동자들의 협동조합인 브릭스톤사이클스는 1983년 지금은 없어진 대런던시의회Greater London Council로부터 설립 승인을 받아 콜드하버 도로에서 문을 열었어요. 이 지역은 그때만 해도 상상력이 가장 뛰어난 부동산 업체조차 전망이 없다고 말한 곳이었죠."

힘든 시간이 뒤따랐지만 지원을 받아가며 자리를 잡은 처음 몇 해를 잘 헤쳐 나갔고, 뛰어난 정비 기술로 좋은 품질의 제품만 취급하는 정직한 가게라는 평판을 얻었다. 그 뒤 낸시도 새로 합류했고, 1980년대 중반, 캘리포니아의 산악자전거로 촉발된 자전거 붐을 타고 브릭스톤사이

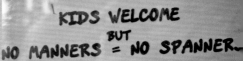

클스는 성장을 거듭했다. 하지만 1990년대까지 세 명의 창립자는 대부분 자전거와 관련된 다른 일로 옮겨가고, 폴만 남아서 임시직 작업자들과 함께 명맥을 유지했다. 나중에는 협동조합의 젊은 노동자들이 뒤따라 나타났다. 2001년에는 주민들이 '브릭스톤 비치(스톡웰 스케이트 파크)'라고 부르는 곳 옆으로 자리를 옮겼다.

나이젤의 설명이 계속된다.

"지금은 열세 명이 있는데, 모두 자전거에 대한 열정이 대단한 사람들이죠. 폴이 1990년대에 떠나면서 초창기 멤버는 아무도 남지 않았죠. 우리의 성공적인 협업에는 딱딱하고 강제적인 룰이 없어요. 모두 같은 월급을 받고, 같은 발언권을 가지며, 똑같은 권리를 누리고 책임을 지죠. 그러니 사장을 찾으려 들지 마세요. 사장이란 너무 비싸고, 매우 비효율적이며, 재미있지도 않고, 필요하지도 않죠. 우리에게 그런 건 없어요."

올드 바이시클 컴퍼니

영국 에섹스의 시골에 줄지어 있는 창고 한쪽에 올드 바이시클 컴퍼니The Old Bicycle Company가 있다. 이곳은 자전거의 기쁨으로 가득한 진정한 자전거 애호가들의 천국이다.

"저한테 자전거가 지나치게 많다는 건 알아요. 하지만 빠르게 팔면 팔수록 더 많은 자전거가 생깁니다." 회사의 주인인 팀 건의 말이다.

팀은 어렸을 때 자전거에 매료되었다. 그의 아버지는 자동차 수리공이어서 어릴 때부터 자동차와 자전거를 많이 볼 수 있었다.

"많은 수집가들은 수집품을 완전히 통제하려 애쓰고, 물건에 대해서도 선을 넘어서려는 경향이 있는데, 저는 올바른 방향을 지킬 뿐입니다. 저는 1880년대 말부터 나온 자전거를 보유하고 있어요. 꼭 한 대만 골라야 한다면 지극히 평범한 프랑스제 시티바이크를 선택할 텐데, 다른 수집가가 팔아달라고 제게 맡긴 겁니다. 그 자전거에는 평범한 장식, 그러니까 일직선의 튜브와 흙받이가 달려 있어서 스포츠용 자전거 같아 보이지 않았어요. 그런데도

묘하게 구미가 당기더군요. 딱히 믿는 구석은 없었지만 일단 구입했고, 좀 더 조사해보니 1920년대 투르드프랑스 Tour de France(1903년 시작된 프랑스 일주 장거리 자전거 경기로, 세계 최대 규모, 최고 권위의 자전거 대회로 꼽힌다-옮긴이)에서 빅토르 퐁탕Victor Fontan이 탔던 경주용 모델이라는 것을 알았어요.

고정 기어가 1단뿐이니 현대의 최신형 모델과는 하늘과 땅 차이죠. 그 시절에는 내리막을 질주하려면 플립플랍허브flip-flop hub(내리막에서 페달을 고정시키고 있어도 앞뒤 바퀴가 자연스럽게 돌아가게 해주는 프리휠free wheel 허브가 개발되기 전에, 허브 가운데에 튀어나온 스위치를 눌러 동력 전달을 끊고 이을 수 있게 만든 장치-옮긴이)의 도움을 받기 위해 먼저 자전거에서 내려 뒷바퀴의 스위치를 눌러 프리휠링free wheeling(페달을 밟지 않고도 뒷바퀴가 돌아가는 것-옮긴이)이 되도록 해줘야 했습니다.

가끔 분류와 카탈로그 작업을 위해 창고에 있는 모든 것들을 열심히 꺼내기도 해요. 하지만 '보관'과 '처분' 목록이 모두 그대로 남아 있기를 원해서 밖으로 꺼낸 것은 항상 원래 자리로 되돌아가지요. 마찬가지로 위로 올라간 것은 내려오기도 하는데, 최근에 구한 페달 파워 헬리콥터도 그랬지요. 언제 만들어졌는지, 그리고 어떻게 해서 프랑스의 다락방에서 발견되었는지 아무도 몰라요. 이걸 놓칠 수 없었죠. 사실 헬리콥터는 하늘을 나는 것이니, 안전비행 허가서를 받으려면 작업이 필요해요. 하지만 재미삼아 한번 날아볼 겁니다."

클래식 라이더스 클럽

이 모임의 문장은 재킷과 조끼에 자랑스럽게 붙어 있다. 클럽의 회장 에디와 클래식 라이더스 클럽의 회원들(엘리아, 제시, 테이커탄, 조지, 비토, 제이비 그리고 빌)에게 스윈 Shwinn 자전거를 소유하는 것은 자부심과 전통을 뜻한다. 클럽 회원들은 뉴욕 일대의 다양한 클럽하우스에서 자주 만날 수 있다. 때로는 완벽하게 복원된 오리지널 모델이나 희귀한 부품과 경적, 벨, 장식 테이프, 라디오로 화려하게 치장한 자전거를 타고 거리를 질주하는 모습도 볼 수 있다.

1895년 시카고에서 설립된 스윈은 물 흐르는 듯한 라인의 '에어로사이클aerocycle'과 스프링 포크처럼 자전거 디자인에서 많은 혁신을 이뤘다. 이 같은 빈티지 브랜드는 남아메리카 출신들의 커뮤니티에서는 조금 이상한 선택으로 보인다. 에디는 "뉴욕의 푸에르토리코인 사회는 빈티지 스윈 자전거에 대해 고마워합니다."라고 말한다.

"한때 스윈의 공장이 있던 푸에르토리코에서 살 때부터 시작된 거죠. 자전거를 살 수 있는 사람들에게 스윈은 유일한 선택이었어요. 그래서 미국으로 건너온 뒤 해마다 열리는 푸에르토리코인 퍼레이드에 스윈 자전거를 타고 나갔고, 시간이 지나면서 우리 전통의 일부가 되었습니다. 우리들 대부분에게 자전거는 금보다 소중해요!"

자전거 본부

"MNIPN은 '월요일 밤은 프로젝트의 밤Monday Night Is Project Night'의 줄임말인데, 자전거에 대한 허튼소리를 하는 시간이기도 해요." 빌의 설명이다. 이름이 함축하고 있는 의미에도 불구하고, 그와 동료들은 대규모 프로젝트를 수행할 것 같은 정부 관리는 절대 아니다. 사실은, 빌이 말하는 그대로다.

"우리가 하는 일을 시험하거나 통제하려는 정부의 어떤 시도에도 도전할 겁니다! 월요일 밤은 우리의 애정 어린 명칭이 깃든 '작업장'에 편안히 모여 시끌벅적한 농담과 자전거를 손보는 소리가 뒤섞이죠. 이 작업장은 돌아가신 아버지가 쓰던 스튜디오였는데, 아버지는 몇몇 놀라운 예술 작품을 선보인 조각가였고, 실제로 부모님 모두 예술적 성향이 대단했어요. 어머니는 유명한 화가였는데, 아마 이런 이유 때문에 나와 내 동생 조지가 작업장에 넘쳐나는 각종 프레임과 온갖 부품들을 모아 단 하나뿐인 괴짜 자전거를 만드는지도 모르죠."

이곳을 드나드는 사람들은 근처에 사는 펑크족인 폴과 데이비를 필두로 법원 직원, 가스공, 전기 기술자, 컴퓨터 프로그래머, 조사원, 디자이너, 무술 사범까지 다양하다. 그들을 하나로 묶어주는 요소는 인간의 동력으로 움직이는 두 바퀴 탈것에 대한 애정이다. 그리고 월요일 밤에는 스포크를 새로 맞추고 부품을 조정하거나 교환하며, 가끔은 프레임을 함께 용접해 그들만의 고상하면서도 기묘한 자전거를 창조한다.

어느 날 저녁 이 모임은 '부서진 도가니Bowl of harm', '죽음의 자전거 벽Bicycle wall of death' 또는 '봄버드롬Bomberdrome' 등으로 불리는 것들을 만들자는 계획을 세웠다. 뭐라고 부르든 나무로 만든 폭 7.9미터짜리 '죽음의 덫'은 심장이 약한 사람들에게는 맞지 않는다는 것만은 분명하다.

"아마 머릿속에서 '이건 아니야, 절대 아니야'라고 외치는 소리가 들릴 겁니다. 하지만 그건 우리 월요일 밤을 한층 더 흥미롭게 해주는 결과물의 하나일 뿐이에요."

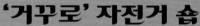

'거꾸로' 자전거 숍

"우리는 요즘 '거꾸로 자전거 숍'이라고 널리 알려지고 있습니다. 컴퓨터 앞에서 가상현실을 만들면서 몇 년을 보낸 뒤 내 손으로 직접 뭔가를 만들고 싶다는 것을 깨달았죠."

뉴욕 브루클린에 있는 '718 자전거 숍'의 주인이자 건축가인 조지프 노셀라Joseph Nocella는 말한다.

"우리는 손님이 늘 하던 대로 자전거를 고르는 것을 돕기 위해 여기 있는 것이 아니에요. 오히려 정반대죠. 토론을 거쳐 각자에게 맞는 요구사항과 부품의 청사진을 그려서 개인에게 맞는 자전거를 만들지요." 이는 캘피 사이즈 사이클Calfee Size Cycle이란 특수한 도구를 이용한 다양한 치수 측정과 연관되는데, 모든 단계마다 세밀한 부품 선택 과정도 필요하다.

"그다음에 조립 과정이 시작됩니다. 고객은 이 과정에 직접 참여해야 하는데, 자신의 자전거가 어떻게 꾸며지는지를 경험하는 거죠. 이것은 구매라기보다 일종의 경험이라고 할 수 있습니다."

자전거 도서관

"차표 주세요! 나의 사랑하는 1980년대 시내버스 매기Maggie는 옷과 자전거로 가득한 멋지고 다채로운 공간이면서, 이동성 측면에서는 분명한 보너스입니다. 흔해 빠진 건물에 자리한 숍들은 절대 대적할 수 없는 특별한 마케팅 포인트 이기도 하지요. 이벤트가 필요하거나 다른 풍경을 원할 때는 막대기를 집어 들고 모든 것을 옮기기만 하면 되거든요."

이렇게 말하는 카타Karta는 원래 오리건 주 포틀랜드 출신으로 현대의 도시 사이클리스트를 위해 기발한 디자인을 개발하는 산업디자이너다.

"도서관이 제공하는 것이 뭘까요? 지평을 넓혀주고, 연구하게 해주며, 새로운 것을 배우고, 또한 사실에 기초한 결정 을 내릴 수 있도록 정보를 접하게 해주는 겁니다. 자전거 도서관은 이런 철학을 표방하고 있죠. 약간의 비용만으로 합리 적인 선택을 하게 돕고, 우리만의 특별한 자전거도 빌려줍니다. 우리가 제공하는 자전거는 일곱 가지 스타일로, 접이식, 미니벨로, 픽시, 여성용, 남성용, 짐 자전거, 전기자전거입니다. 불행히도 많은 사람들이 동네의 판매업자에게 가서 그 저 한 대를 골라내는 식으로 자전거를 사죠. 자전거를 잘 고르면 길에서 더 오래 탈 수 있고, 무엇보다 편안합니다.

나의 패션 브랜드인 'TWO n FRO'는 섬세하게 디자인된 의류와 액세서리를 선보입니다. 시내에서 자전거를 타는 건 위험할 수밖에 없는데, 라이더가 눈에 잘 띄도록 디자인한 제품은 반사 소재를 활용해요. 나는 한 해에 몇 달을 중국 선 전深圳에서 보내는데, 그곳에는 재활용을 통해 지속 가능한 소재, 이를테면 케블라, 보트의 돛, 낙하산, 대나무 같은 것을 이용하고, 모든 과정을 수작업으로 진행하는 내 작업실이 있어요.

그리고 내가 타는 자전거는…… 글쎄요, 나를 위해 시험을 거친 대나무 프레임의 픽스드 기어인데, 독특한 활용성이 런던 거리에 잘 맞아요."

THIS ONE RUNS THIS ONE RUNS
ON MONEY ON FAT
AND MAKES YOU AND SAVES YOU
FAT MONEY

heBicycleLibrary.com

£1

BICYCLE LIBRARY

ARTCRANK

£1

theBicycleLibrary.com

차퍼돔

차퍼돔Chopperdome은 차퍼를 찾는 암스테르담 시민들에게 일종의 메카다. 차퍼는 낮은 자세로 탈 수 있는 단 하나뿐인 모델로 꾸미는 맞춤 자전거다. 복고풍의 차퍼는 길게 늘어난 포크와 뒤로 젖힌 시트튜브 때문에 클래식한 '이지 라이더easy rider(1969년 제작된 미국 영화의 제목이기도 하다. '이지 라이더'는 '노력하지 않고 성공하는 사람'을 뜻하는데, '편안한 자세로 타는 자전거'의 의미도 있다-옮긴이) 자세가 가능하며, 암스테르담에서는 인기가 매우 높다. 자전거의 무게는 늘어났지만, 지형이 평평하기 때문에 그다지 문제가 되지 않을 뿐 아니라 빠른 속도로도 달릴 수 있다.

서전트 앤드 컴퍼니

"친구 집 정원의 덤불 속에서 1951년형 흡스 레이싱 자전거를 발견했지요."라고 롭은 말한다.

"그 자전거에 가능성이 있음을 확신하고 상의 끝에 3단 변속기의 스터메이 아처 휠Sturmey Archer Wheel과 바꾸었어요. 옛날의 명성을 되살리기 위해 복원하기로 마음먹고 열심히 자전거를 해체했어요. 하지만 금세 난관에 봉착했고, 그러다 독립하게 되면서 집을 떠나야 했죠. 자전거는 분해된 채로 고향 집의 창고에 어쩔 수 없이 남아 있었어요. 몇 년 뒤, 어머니로부터 '창고가 무너졌으니 필요하면 자전거나 빨리 가져가라'는 최후통첩이 왔어요. 나는 그 '목제 무덤'에서 자전거를 꺼내려고 갔지만 이미 어머니가 많은 부품들을 버린 뒤였어요. 어머니는 아니라고 했지만 나는 알고 있었죠. 그날부터 30년 동안 그 프레임은 이곳저곳 나를 따라다녔는데, 마치 잃어버렸다 다시 찾은 강아지처럼 그 프레임과는 헤어질 수가 없었어요. 그렇지만 단 한 번도 실제로 탈 수 있는 상태로 복원하지는 못했어요. 내가 어디로 가든, 그 프레임은 내 소장품들과 언제나 한 꾸러미인 것처럼 다음 장소로 함께 옮겨갔죠.

한 친구가 내게 빈티지 자전거를 소개해주었는데, 그의 도움으로 그 자전거를 길 위에 다시 세울 수 있었어요. 당시 나는 사진작가였습니다. 암실에서 3년간 흥미로운 시간을 보낸 후 진로를 바꿀 때가 왔음을 느꼈는데, 작가가

아니라 장인이 되고 싶었어요. 빈티지 자전거에 대한 관심은 갈수록 커져만 갔죠. 그래서 내가 거주할 수도 있는 상업 공간을 생각해냈어요. 여기서는 늘어만 가는 프레임들에 둘러싸여 낮에는 내가 좋아하는 자전거를 팔고 수리하는 일을 하는 거죠. 그런 생각은 단지 꿈으로만 남아 있었는데, 직장 해고를 포함한 예기치 않은 일이 줄줄이 일어나 마침내 실행에 옮기게 되었습니다. 그래서 서전트 앤드 컴퍼니Sargent & Co를 설립했어요."

롭은 이제 특별한 스틸 프레임의 빈티지 레이싱 자전거 컬렉션으로 유명하다. 이들 자전거는 최고의 프레임 빌더들이 만든 것으로, 모두 아름다운 시대적 디테일이 살아 있다.

"나에게 자전거의 언어는 수제 프레임을 통해 매우 분명히 드러납니다. 자전거에서 진정한 예술을 볼 수도 있지만, 대부분의 사람들은 미묘한 차이점을 잘 알아차리지 못하죠. 앞 포크 레이크fork rake(앞바퀴를 잡아주는 고정 부위가 포크의 일직선상이 아니라 앞쪽으로 조금 빗겨나 있는 정도-옮긴이)에서 섬세하게 디자인된 러그lug(프레임을 이루는 파이프를 연결하기 위해 사용하는 접합부-옮긴이)까지, 부품 하나하나가 프레임 빌더에게는 상징이 됩니다.

나의 홉스 프레임은 지금도 다른 많은 '비매품' 수집품 사이에서 쉬고 있어요. 이 모든 수집품은 숍의 천장에 매달려 있는데, 금속으로 만든 바빌론의 공중정원 같다고나 할까요."

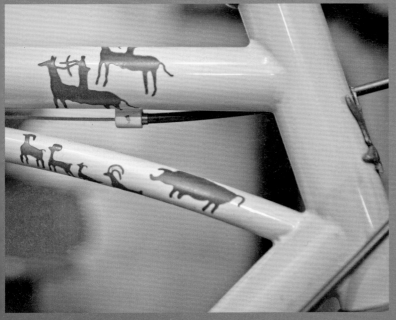

벤저민 사이클스

"저는 브루클린에서 벤저민 사이클스라는 작은 업체를 운영하고 있습니다. 우리 회사는 고객의 주문에 따라 모두 수작업으로 이루어지는 스틸 프레임에 특화되어 있죠. 제 자전거와 디자인은 직접 가본 박물관과 미술관에서 아이디어를 얻었지요." 벤 페크의 설명이다.

"제가 만든 프레임에는 이름이 새겨져 있고, 똑같은 것이 없어요. 자전거를 만들 때마다 디자인의 한계를 깨려고 노력하고, 아름답고 혁신적인 것을 창조하기 위해 애씁니다.

어릴 적 우연히 자전거에 빠져든 이후 단 한 번도 등한시한 적이 없어요. 다섯 살 때와 마찬가지로 지금도 자전거를 사랑합니다. 가끔은 속옷만 입거나 카우보이 부츠와 슈퍼맨 망토를 걸치고 자전거를 타고 싶기도 해요. 그랬다가는 아마 체포되고 말겠죠.

사이클링을 일종의 생활방식으로 생각한 적은 한 번도 없어요. 아마도 도움은 되겠지만 건강을 위해 자전거를 타지는 않아요. 경쟁하거나 트로피를 얻기 위한 것도 아니고요. 물론 그렇게 타는 사람들을 이해하지 못하는 건 아니죠. 또 환경보호를 위해 자전거를 타지도 않아요. 물론 그것 때문에 먹고살기는 합니다. 교통정체 때문에 자전거를 타지도 않습니다. 자동차를 싫어해서 자전거를 타는 것도 아니에요. 오히려 1966년형 링컨 컨티넨털 컨버터블이 있으면 좋겠어요. 내가 자전거를 타는 이유는 더 느린 속도로 세상에 동참할 수 있고, 다시 어린이가 되기 때문입니다."

이치 바이크

"예술과 자전거, 문신을 좋아하고, 하층문화와 고급문화를 모두 좋아해요. 히피족과 어울릴 때는 펑크록을 연주하고, 펑크족과 있을 때는 히피 음악을 연주합니다. 청개구리 같은 사람이죠. 어릴 때 아이오와에서 자라면서 캘리포니아의 생활방식을 동경했어요." 맞춤 빈티지 자전거 장인인 대니얼 코닝의 말이다.

1983년 대니얼은 캘리포니아로 옮겼고, 캘리포니아의 멋진 생활방식과 그것이 제공하는 모든 것을 경험하고, 1년 뒤에 고향으로 돌아온다. 학교 공부를 더 한 다음 그는 캘리포니아로 되돌아가 펑크록 자전거 메신저 bike messenger(우리나라의 오토바이 퀵서비스처럼 자전거로 심부름을 해주는 사람들. 미국 대도시에서 흔히 볼 수 있다-옮긴이)가 되었다. 그러다 샌프란시스코로 가기 전에는 배낭과 스케이트보드 그리고 자전거만 달랑 들고 하와이 마우이로 건너간다. 그다음에는 바르셀로나를 거쳐 암스테르담으로 향했다. 거의 방랑자 같은 생활을 하다가 마침내 샌프란시스코에 정착하는데, 여기서 문신의 전설적인 대가인 에드 하디 밑에서 일을 시작했다. 삶에 확신을 만들어가던 이 몇 해 동안, 자전거는 그의 생활에서 매우 중요한 역할을 했다.

"1997년, 문신이 가득한 몸으로 나는 아이오와로 돌아왔고, 문신 스튜디오를 열었어요. 기대 이상의 성공을 거두었죠! 하지만 격동의 몇 년을 보내고 난 다음, 도움을 받아 스스로를 재정리할 수 있었어요. 2005년까지 내

인생은 멋졌죠. 나는 아이작의 아버지가 되었고, 헬렌의 양아버지가 되었으며, 나의 소울메이트인 에이미의 남편이 되었어요. 이처럼 풍성한 과거와 다양한 추억들은 내가 찾던 새로운 표현 영역을 끌어내주었지요."

대니얼의 자전거에 대한 열정은 자전거를 직접 개조하면서 더욱 커져만 갔다. 좋아하는 일을 공식적으로 하기 위해 그는 '이치 바이크Ichi Bike'를 설립한다.

"사업의 주축은 내가 개발한 랫 로드Rat Rod(원래는 화려하게 개조한 차를 뜻하는 핫 로드Hot Rod의 일종으로, 1940~60년대 초기 자동차를 기초로 화려하고 과장되게 개조한 차를 말한다-옮긴이) 스타일의 자전거였습니다. 랫 로드는 대형 쓰레기통에 남은 음식물을 먹는 쥐처럼 버려진 자전거를 구해서 새로운 목적에 맞게 만들어보자는 점에 착안했어요.

가끔씩 나는 사람들이 한때는 자신들의 자부심이자 즐거움이던 것에서 얼마나 동떨어져 지내는지, 그래서 얼마나 쉽게 그런 것들을 내버리고, 둥근 프레임 안에 간직된 역사를 묵살하는지 깊이 생각해요. 자전거의 각 부분은 무엇이 가장 실용적인지를 스스로 알려주죠. 그래서 제작 공정 중에 자전거가 '이젠 됐다'고 말하는 것만 같은 순간이나 완벽의 정점에 있음을 분명히 알아챌 때가 있어요."

대니얼은 특별히 선호하는 자전거 브랜드가 없다. 어떤 자전거에서 가능성을 발견하면, 그것이 복고풍이든 클래식이든 또는 빈티지 모델이든 그저 최선을 다해 그것을 드러내서 새로운 생명을 준다. 이따금씩 아들의 도움을 받으면서 그는 자신만의 작은 방식으로 한 사람의 인생에 참여한다. 한때는 사랑받던 아이템을 통해, 새로운 추억이 그려질 텅 빈 캔버스 같은 자전거를 창조하는 것이다.

스타 바이크 카페

다양한 종류의 전통적인 네덜란드 스타일의 자전거를 빌려 탈 수 있다는 점에서, '스타 바이크 카페' 방문자는 암스테르담이 제공하는 가장 특별한 자전거 문화를 경험한다.

패슐리 거버너 애호가

거버너 모임Guvnors' Assembly은 패슐리 거버너pashley guv'nors 자전거를 좋아하는 사람들의 모임으로, 길을 따라 한 줄 또는 두 줄로 자전거를 타는 활동을 연중 펼치고 있다. 몸에 붙는 라이크라는 추천할 만하지 않지만, 트위드(순모직물) 복장은 권장된다. 그들의 모토 '격조 있게 달린다' 그대로다.

패슐리 거버너는 핸드메이드 가죽 그립과 브룩스Brooks 안장을 특징으로 하고, 버킹엄 블랙 컬러 한 가지만 나오는 1930년대의 튼튼한 클래식 프레임의 현대적 버전이다. 패슐리 거버너를 타는 사람들은 흙받이 같은 것으로 직접 개조하기를 좋아한다.

크비크피츠
자전거 숍

"나 역시 비행기를 발명한 라이트 형제가 자전거 수리점을 운영했던 것과 거의 똑같은 길을 가고 있다고 할 수 있어요." 암스테르담에 자리한 크비크피츠 자전거 숍의 주인으로, 자유로운 정신의 소유자인 빌렘의 말이다. 빌렘에게도 하늘을 나는 꿈이 있다. 사실 그의 가게 지하실에는 호기심 많은 그의 눈빛과는 다르게 옛날로 돌아간 것 같은 분위기가 풍긴다. 이는 그가 누리는 작은 호사로 취급될 수도 있지만, 그의 결연한 눈빛과 의지는 더 많은 것을 보여준다.

"크비크피츠는 전형적인 형태의 자전거 숍과는 맞지 않아요. 우리는 여행자에게 필요한 것이나 자전거 대여는 취급하지 않는데, 그런 것을 해주는 곳은 수없이 많아요. 그보다 이곳은 자전거를 좋아하는 사람들이 자유롭고 편안하게 모여서 예술을 통한 창의성이나 음악 그리고 특이한 스타일에 대해 이야기를 나누는 곳이지요."

빌렘이 선택한 자전거는 네덜란드에서 가장 유명한 자전거 제조사인 로열 더치 가젤이 만든 빈티지 타입의 가젤 모호크Gazelle Mohawk로, 이 회사는 평범하지 않은 프레임 디자인으로 유명하다. 빌렘은 여기에 드롭 핸들바Drop handlebar(자전거 핸들바의 손잡이 부분이 아래쪽으로 꺾여 있는 형태. 로드바이크에서 주로 사용되며, 자세를 낮출 수 있어 공기저항을 줄이는 데 유리하고, 다양한 부위를 쥘 수 있다-옮긴이)와 약간의 다른 액세서리를 추가했다.

"나는 상대적으로 규칙에는 자유로워요. 순응하는 것은 일종의 제약이 되기 때문에 나의 철학과는 맞지 않아요. 나와 크비크피츠는 보시는 그대로예요. 내게 1935년형 모호크를 타고 암스테르담을 누비는 것은 문화라기보다 인생이지요."

버닝맨

버닝맨Burning Man은 미국 네바다 주 블랙록 사막에서 해마다 열리는 예술 이벤트로, 4만 8,000명 이상이 일주일간의 임시적이지만 실험적인 커뮤니티에 참여한다. 여기서 자전거는 유일하면서 가장 중요한 교통수단은 아니지만 급진적인 예술적 표현 형식의 하나로, 물고기 자전거나 자전거 로켓 발사 같은 기묘한 혁신을 선보이기도 한다.

바이커리스트

"나는 파리에 사는 사이클리스트들의 스타일과 개인적인 이야기를 모으기 위해 그들의 인물 사진을 찍어요. 사람들은 메이크업을 하지 않거나 평소 자전거를 탈 때의 모습 그대로 스튜디오에 들어섭니다." 사이클리스트로 유명한 제레미 보리외Jeremy Beaulieu의 말이다.

"대부분의 기발한 아이디어들은 자전거를 탈 때 떠올라요." 에탕 즈웨르Etainn Zwer(사진)는 말한다. 스스로 '단어를 잡아내는 사람word catcher'이라고 묘사하는 그녀는 파리에 사는 프리랜서 카피라이터로, 제레미의 모델 중 한 명이다.

"나에게 라이딩은 균형, 리듬 그리고 패턴이고, 이것은 내가 글을 쓸 때도 마찬가지예요." 그녀는 지금의 자전거를 치넬리 핸들바, 마빅 휠과 더불어 고물상에서 발견하고, 색깔에 반해 구입했다. 자전거에는 한때 그녀가 연기했던 우스꽝스런 캐릭터를 따라 르로이라는 별명을 붙였다.

엔 셀레 마르셀

브루노 우르보이Bruno Urvoy는 파리에 있는 '엔 셀레 마르셀En Selle Marcel'의 주인 이다. 비앙키부터 브롬톤까지 다양한 자전거를 갖추고 있고, 빈티지 모델 또는 몸에 맞 춰 제작하는 커스텀 서비스도 제공한다. 브루노는 멋진 액세서리를 비롯해 안목 있는 사이클리스트에게 매력적인 선택을 제안한다.

록 7

런던 최초의 자전거 카페인 록Lock 7은 종합적인 자전거 친화 공간으로 먹고 마시면서 느긋하게 시간을 보내거나 자전거 수리를 맡길 수도 있다. 그뿐 아니라 최신형은 물론 다양한 스타일의 오래된 복고풍 자전거도 판매한다.

　"우리의 임무는, 사람들이 자전거를 타게 만들고, 이후에는 꾸준히 타게 하며, 자전 거를 즐기면서 달라지게 돕는 거예요." 창업자인 캐서린 버제스와 리 킹은 카페를 열기 전 법의학 조사관으로 일했는데, 자전거를 탄 뒤로 카페를 열기로 했다.

파란도프 아틀란드스베르그

자전거 숍 주인인 페테르 호르스트만Peter Horstmann은 더욱 전통적인 광고 방식을 채택했다. 그의 숍이 있는 건물 외부는 자전거로 가득한데, 수명이 다한 자전거가 생길 때마다 추가해서 지금은 100대를 넘는다.

엑셀러 바이크

브뤼주는 초라한 자전거가 당연시되는 벨기에의 도시로, 자전거를 통해 스타일을 드러 내기보다는 극히 실용적인 면이 중시된다. 크리스티앙 캠퍼스Christian Campers는 보 석 산업에서의 오랜 경력을 뒤로하고 꿈을 좇아 엑셀러 바이크Exceller Bikes를 설립 했다. 이 자전거 숍은 최고급 자전거와 액세서리를 전문으로 취급한다.

해보는 거야

이번 장은 도전을 단지 극복해야 할 장애물로 여기는 용감한 사람들에 대한 이야기이다. 나는 그들이 걸어온 길을 상상하면서 늘 빤한 질문을 던졌다. 바로 "왜?"라는 것이다. 여기서 펼치는 이야기는 이 질문에 대한 답인 셈이다.

보조바퀴를 떼어낸 순간부터 자전거는 대부분의 사람들이 평생 즐길 수 있는 지속 가능한 즐거움이 된다. 하지만 어떤 사람들에게는 그렇지 않다. 그들은 보조바퀴를 떼어내는 것만으로는 갈증이 풀리지 않는 모양이다.

이 장에서는 사이클리스트들이 시도하고 끝내 성공한 세계적인 도전 혹은 스포츠 분야의 성취에 대해 이야기할 것이다. 그 규모는 쉽사리 짐작하기도 어렵다. 지금처럼 기술적 진보나 상업적 지원이 없던 시대의 올림픽 선수는 자신이 가진 유일한 방법, 즉 순수한 의지만으로 성공을 이루어냈다. 현대의 모험가는 세상과 겨루어 승리하는 장거리 사이클리스트이다. 이들은 안장 위에서 이룬 성취의 지평을 넓혔다. 이들이 세계 각지를 여행하는 동안 만나는 모든 사람들은 이들을 어리둥절한 눈으로 바라본다. 하지만 이탈리아 중서부의 토스카나를 여행하는 동안 여행자들은 소중한 자전거 시대를 재경험한다.

한때 올림픽의 현장이었던 역사적인 벨로드롬에서 훈련에 매진하고 있는 미래의 챔피언들부터 취미 삼아 자전거를 타는 현대인에 이르기까지, 이 장은 자신만의 독특한 방식으로 사이클링의 경계를 확대시킨 사람들을 소개한다. 그들과 같은 갈망이 없는 우리는 그저 편안한 의자에 파묻혀 멀리서 그들을 칭송하기만 하면 된다. 하지만 우리도 꿈을 꿀 수 있고, 가능하다면 언젠가는 우리 자신만의 순간을 누릴 수도 있다.

자전거 세계 일주

"자전거 속도계 세 대, GPS, 코스 기록 데이터, 사진 그리고 추가 300마일(약 483킬로미터)까지, 기네스 조사관을 만족시킬 수 있는 루트와 거리에 대한 명확한 증거를 모두 확보하고 있습니다." 2007년 8월 5일 마크 보몬트Mark Beaumont는 자신의 의지와 육체 그리고 자전거를 한계까지 밀어붙이는 엄청난 모험을 시작했다. 길고 힘든 자전거 세계 일주 기록에 도전한 것이다. 목표는 당시까지 세계 기록인 276일에서 80일을 더 줄이는 것이다.

"열두 살 때부터 가족들의 도움을 받으며 스코틀랜드의 바닷가에서 반대편 바닷가까지 자전거로 횡단했어요. 열다섯 살 때는 존오그로츠(영국 최북단 마을)에서 랜즈엔드(영국 남서쪽 땅끝)까지 혼자 달렸습니다. 그 뒤로 거리를 더 늘렸고, 대학을 다녔지만 더욱 큰 여행, 그러니까 세계 일주를 하고 싶어 몸이 계속 근질거렸어요."

자전거로 세계를 일주하는 것은 업적을 세우기 위한 것이 아니다. 시간에 쫓기고, 지친 몸을 회복하는 것도 사치이며, 편안하게 풍경을 즐길 여유도 없이 신기록을 세운 것은 분명 찬사를 받아야 할 위업이다. 대부분의 사람들에게 이런 엄청난 도전은 단지 잠깐의 상상에 그치겠지만 마크에게 그것은 3년의 꿈을 이룬 것이었다.

자전거의 내구성만큼이나 몸 관리도 중요했다. '투입 에너지=산출 에너지'이기 때문이다. 글래스고 대학교의 스포츠과학자 팀은 마크가 하루 평균 100마일(약 160킬로미터)씩 달리면 매일 6,000칼로리를 소비할 거라고 계산했다. 마크가 선택한 자전거는 코가 미야타Koga Miyata(네덜란드의 자전거 브랜드이며 튼튼한 여행용으로 유명하다-옮긴이)로, 방진防塵 기능이 있는 롤로프Rohloff(독일의 기어 제작 업체로 내장기어 전문이다-옮긴이)의 내장기어 허브를 단 자체 조립 모델이다. 가볍고 편안해서 수많은 장거리 사이클리스트들이 선호한다. 캠핑 용품과 공구, 카메라 등으로 꾸린 25kg의 짐은 다섯 개의 패니어Pannier(자전거 바퀴 좌우에 다는 전용 가방-옮긴이)로 운반했다. 모든 준비를 마친 그는 의지에 찬 눈빛으로 파리를 떠났다.

"자전거를 타고 떠나면서 가족, 친구(이들은 지금도 눈물짓고 있을 텐데)와 작별하는 순간들을 상상하면 힘들어요. 하지만 착실히 계획한 일곱 달의 여정이 내 앞에 기다린다는 사실에 아드레날린은 솟구치고 머릿속에서는 계속 가야 한

다는 생각이 들끓죠. 그런데 거창한 여정을 시작한 지 겨우 10마일(약 16킬로미터) 만에 몇 달간의 힘든 훈련과 복잡한 감정, 그리고 수면 부족에 시달려 눈과 몸이 무거워졌어요. 치료법은 길가 카페에서 파는 강력한 프렌치 에스프레소였죠."

1구간: 파리에서 이스탄불까지 2,200마일(약 3,540킬로미터), 22일 소요. "처음에 신경 쓴 것은 육체적 생존이었죠. 하지만 장거리 여행을 하려면 우선 마음이 잡념 없이 맑아야 해요. 첫 아흐레 동안 펑크가 세 번 났고, 스포크가 두 번이나 부러졌어요! 이제 걱정은 자전거가 견뎌낼 수 있을까로 옮겨갔지요."

2구간: 조심스럽게 일정을 잡은 터키와 이란, 파키스탄, 인도. 5,500마일(8,850킬로미터). "위험하고 어려운 구간이었어요. 위험한 곳에서는 경찰의 호위를 받았죠. 안전을 위해 경찰서 유치장에서 밤을 보내기도 했습니다. 모래바람과 라마단(이슬람교의 금식기간)은 꾸준한 칼로리 섭취가 필요한 채식주의자에게는 고통이었어요. 영어 표기는 고사하고 알파벳 한 자 없는 도로 표지판 때문에 완전히 다른 방식으로 지도를 읽을 수밖에 없었죠. 계속 전진할 수 있는 유일한 방법은 지도에 나온 그림과 도로표지판의 그림을 맞춰보는 거였어요."

3구간: 태국, 말레이시아, 싱가포르. "하루 100마일 주행이라는 계획을 지키는 것이 무엇보다 중요했어요. 그래서 예정보다 몇 주 늦지 않으려면 늦어진 만큼 하루 주행 거리를 늘려야 했죠."

4구간: 오스트레일리아 프리맨틀에서 브리즈번. "끝없는 직선 도로와 사나운 맞바람."

5구간: 뉴질랜드 듄딘에서 오클랜드. "지금까지 1만 4,000마일(2만 2,526킬로미터) 주파."

6구간: 샌프란시스코에서 플로리다. "처음에는 그저 편안한 직선도로만 생각했어요. 하지만 복잡한 도로에서는 다른 역학이 뒤따르죠. 루이지애나에서는 자동차 한 대가 빨간불인데도 달려들어서 나를 보닛 위로 밀어 올렸어요. 자전거는 무사했지만 저는 많이 다쳤죠. 아무런 정보도 없이 도시의 슬럼가에 자리한 모텔에 투숙하는 바람에 강도를 만나 위협을 받기도 했어요. 1만 6,000마일을 달리는 동안 내내 안전했고, 또 그런 일이 절대 일어나지 않을 것이라고 믿은 곳이어서 충격이 더 컸어요."

7구간: 리스본에서 파리. "미국을 뒤로하면서, 도착지를 향한 마음이(아직 1,200마일이 남았는데도) 생리학적인 추진력을 만들어냈어요. 그 힘으로 리스본에서 파리까지 질주한 셈이죠."

마크가 파란 불을 켠 경찰차의 호위를 받으며 목표 지점인 아르드트리옴페를 지나칠 때 그의 엄청난 성취는 고향을 뒤흔들었다. 역사상 가장 짧은 시간에 세계 일주를 마친 사이클리스트가 되는 꿈을 이룬 것이다. 결론적으로 그는 1,500시간을 안장 위에서 보냈고, 1만 8,297마일(2만 9,440킬로미터)을 194일 17시간 만에 주파해 세계 기록을 82일이나 단축했다!

"나는 자랑스럽게도 2년 반 동안 이 기록을 보유했습니다. 제 뒤를 따랐던 사람들은 거리가 부족하거나 확인되지 않은 루트를 달려 기록을 인정받지 못했어요. 운이 좋은 셈이었죠. 이제 내가 왜 그 많은 증거를 챙겼는지 이해할 겁니다."

만약 "미안합니다. 당신의 신기록 도전은 인정받지 못했습니다. 다음번에는 행운을 빕니다."라는 전화를 받으면 어떨지 상상해보라.

마크의 말이다. "보세요. 그건 쉽지 않고, 꿈은 힘들죠. 하지만 멋져요!"

자전거 폴로

런던 하드코트 자전거 폴로 협회(LHBPA)는 이 거칠고 힘든 스포츠를 런던 일대에 알리고 지원하기 위해 설립되었다. 런던 오픈 토너먼트는 자전거 폴로 경기 캘린더에 고정 경기로 자리 잡았다. 이 대회는 남자부, 여자부, 혼성부 경기에 열다섯이 넘는 나라에서 여든 팀이 넘게 출전한다. 자전거에는 제한이 없는데, 최소한 브레이크가 하나 이상이어야 하고(발로 제동하는 픽시도 가능하다), 끝이 뾰족하거나 기타 위험한 부품이 없어야 한다. 볼을 막기 위한 디자인 개조는 허용되지 않는다.

"그러니까 1920년 코네티컷 주 브리지포트에서 태어났지. 부모님은 영국인이셨고. 1928년부터 1932년까지의 대공황 탓에 영국의 고향으로 돌아가기 전까지는 행복한 시간이었다네. 아버지 찰리는 스포츠광이셨는데, 나를 엄청나게 몰아붙이셨지. 운동선수가 되고 싶었던 꿈을 나를 통해 실현하려고 그러셨나 봐." 1948년 올림픽에서 동메달 두 개를 딴 사이클 선수 토미 고드윈Tommy Godwin의 설명이다.

"열네 살에 학교를 그만두었는데, 얼마 뒤 식품점 사환이 되었네. 매일 짐을 가득 싣고 15마일(24킬로미터)을 자전거로 달리면서 단련되었고, 사이클링에 대한 흥미도 커졌지. 그리고 1936년 올림픽을 알리는 스포츠 기사를 읽었는데, 여기에 큰 자극을 받았어. 식품점들끼리 자전거 경기를 열었는데, 그것이 첫 성과였지. 내 자전거가 없어서 한 대를 빌려서 겨우 하루 연습하고 단거리 경기에 나갔다네. 픽스드 기어에 적응되지 않아서 핸들바 너머로 곤두박질치기도 했지. 상처를 치료하느라 힘들었지만 경기에 출전해 3등을 했고, 작은 스톱워치를 상품으로 받았지. 그 뒤 아버지는 이 스톱워치를 내 훈련 기록을 측정하는 데 사용했네.

식품점에서는 자전거를 마음껏 탈 수는 없었지만 오랫동안 일했네. 그 후 BSA 공장에 취직했는데, 여기서도 우연한 기회에 체육대회에 나가게 되었어. 정식으로 출전했지만, 자전거가 낡아 경기가 잘 풀리지 않았지. 하지만 아버지는 내 가능성을 알아보고 "몇 달 동안 시키는 대로 하면 경기용 자전거를 사주겠다."라고 말했어. 아버지는 정말 그렇게 하시더군. 자전거 값이 두 주치 급여랑 맞먹는데도 전혀 망설이지 않으셨지. 그리고 이듬해 열리는 BSA 경기에 대비하기 위해 극한의 훈련이 시작되었어. 아버지는 압승을 원했고, 나는 출전하는 경기마다 모두 우승했다네."

토미의 새 픽스드 기어 자전거는 당시로서는 가장 가벼웠지만 오늘날의 최신 자전거와는 비교가 되지 않았다. 그는 1940년 올림픽 대표선수 선발전에 초청받았고, 1939년 BSA 1,000미터 경기에서 우승했다. 슬프게도 제2

올림픽 영웅

차 세계대전이 일어나는 바람에 올림픽은 취소되고 말았다.

"BSA 공장은 전쟁 물자 보급에 중요해서(BSA는 버밍엄 소형무기 회사Birmingham Small Arms company의 줄임말이며, 19세기 말까지는 자전거를 생산하기도 했다) 나는 징집되지 않았지. 전쟁 기간에도 계속 자전거를 탔는데, 그사이 아내 에일린을 만나서 결혼을 했어. 그런데 결혼은 운동을 그만둔다는 뜻이었거든. 아버지한테는 안 된 일이지. 하지만 아마추어 수준에서는 꾸준히 경기에 출전해서 성공을 거뒀어. 상금은 없어도 메달과 수많은 회중시계, 수저 세트 따위를 부상으로 받아왔네."

1948년 런던올림픽은 1946년 발표되었어. 나는 대표선수 선발전에 나가 올림픽 개막 몇 주 전에야 뽑혔지. 지금도 가지고 있는 BSA 자전거를 타고 어머니가 해준 스팸 튀김을 먹고는 헌힐 벨로드롬에서 1,000미터 개인 타임 트라이얼과 4,000미터 팀추월에서 동메달 두 개를 땄어.

내가 1,000미터 개인 동메달을 땄을 때 아버지는 너무 기뻐서 무릎을 꿇고 눈물을 흘리셨다더군. 몹시 자랑스러워서 말로 표현할 수 없으셨던 모양이야. 지금도 그 생각을 하면 나도 뭉클해진다네.

월요일 아침에 직장에 복귀했는데, 영웅을 맞는 환영식도 없었고, 그저 "잘했어. 메달을 땄으니 이제 일해야지." 하는 말뿐이었지. 지금 내 나이가 아흔하나인데, 되돌아보면 제법 괜찮은 인생인 것 같아. 운동을 그만두고 난 뒤에는 내가 사랑한 스포츠를 돕기 위해 무슨 일이든지 했지. 2012년 런던올림픽에서는 명예롭게도 올림픽 대사로 위촉되었고, 올림픽 성화 봉송에도 참여했지. 이제, 마음이 울적하면 메달을 보며 옛날을 떠올리면서 추억을 되새긴다네. 나는 열정적으로 살았고, 진심을 담아 말하건대, 매 순간 사람들을 사랑했고 인생을 사랑했다네. 그리고 …… 멋진 인생이었지."

이 책을 마무리하기 직전에 토미 고드윈이 사망했다는 슬픈 소식을 들었다. 진정한 신사 토미를 만난 것은 특별한 행운이었다. 그는 우리에게 몇 시간 동안 놀라운 얘기를 해주었고, 우리는 그의 이야기에 빠져들었다. 그가 땄던 수많은 메달과 트로피는 경이로움 그 자체였다.

촌뜨기

"특이한 생김새 때문인지 런던을 돌아다니면 많은 사람들이 알아봐요." 짐 설리번Jim Sullivan은 '촌뜨기hillbilly'라는 별명으로도 알려져 있다. 산악자전거 다운힐Down Hill 대회에 나갔다가 사고로 앞니 두 개를 잃은 뒤 얻은 별명이다.

"런던에서 열리는 'IG 녹턴 자전거 대회'라는 유별난 행사에서 특별한 최고 기록도 세웠어요. 픽스드 기어 뒷바퀴를 가장 오랫동안 미끄러뜨리는 독특한 경기인데, 내 기록은 무려 107미터나 됩니다!"

녹턴 대회는 런던 스미스필드 시장에서 해마다 열리는 야간 자전거 이벤트로, 페니 파딩과 접이식자전거, 엘리트 경기도 포함된다.

짐은 자신의 2008년식 후지 트랙 프로 자전거의 크랭크와 휠, 핸들바(MTB의 라이저바Riser bar를 잘라 씀) 등을 개조해 장기인 스키드skid(일부러 바퀴를 미끄러뜨리는 것)를 잘할 수 있도록 가볍고 날렵하게 만들었다.

어린 시절을 지나 완전히 다른 수준에 이르기까지, 짐은 원숙해졌고 헌힐 벨로드롬에서 열리는 트랙 경기에도 깊이 간여하고 있다. 그의 광범위한 자전거 수집품은, 그의 말에 따르면 "평생 동안 자전거 숍에서 일하면서 구한" 것이다.

레로이카

1997년부터 해마다 전 세계에서 수천 명의 사이클리스트들이 감성적인 이벤트에 참가하기 위해 이탈리아 토스카나 지방으로 몰려든다. 이 대회는 탄소섬유 자전거가 터무니없는 미래담이었던 시절부터 열렸다. 레로이카L'eroica는 세계적으로 가장 유명한 아마추어 사이클링 이벤트의 하나다. 이 대회는 다른 시대와는 전혀 다른 분위기에서 사이클링을 했던 특별한 시절을 보여준다. 대회에 참가하기 위한 유일한 조건은 1978년 이전에 생산된 자전거를 타야 한다는 것뿐이다.

개인별로 다양한 능력에 맞춰 네 가지 코스가 마련되는데, 새벽 5시에 출발하는 205킬로미터의 최장거리 경기부터 한층 가뿐하게 달릴 수 있을 것 같아 보이는 38킬로미터 코스도 있다. 볼트와 연결 부

위가 헐렁해질 정도로 길이 거칠지 않다고는 해도 최소한 가파른 내리막에서는 담력이 좋아야 한다. 경험 많은 사이클리스트들도 랜도너Randonneur(원래는 일주여행자를 뜻하지만 자전거에서는 장거리 여행용 모델을 말한다-옮긴이)를 타고는 "이건 나를 위한 대회가 아니야!"라고 선언한다.

하지만 이것이 바로 이 대회의 매력 중 하나이다. 원색의 구닥다리 모직 사이클링 의상을 입은 수많은 참가자들이 이 대회에 참가하는 이유는 놀라울 정도로 아름답게 너울거리는 포도밭과 올리브 가로수가 줄지어 선 토스카나의 풍경을 보면 쉽게 알 수 있다. 먼지가 일고 햇살이 뿌옇게 번지는 샛길에는 아직도 아스팔트 포장이나 교차로, 차선이 없다. 이뿐 아니다. 이 대회는 멋진 음식과 이탈리아 와인을 맛볼 수 있는 기회이기도 하다. 이 때문에 사람들이 가까운 빈티지 자전거 숍으로 발길을 옮긴다.

브릭스톤 빌리

"BMX 라이더에 대한 인식이 부정적이지만 대부분 사실이 아닙니다. 우리는 모두 좋은 사람들이에요. 우리에겐 필요할 때 서로 돕는다는 불문율이 있어요. 결코 남용하지 않지만, 신뢰에 바탕을 둔 끈끈한 커뮤니티를 이룹니다." 브릭스톤 빌리Brixton Billy의 설명이다.

"BMX를 타면서 도시의 놀이동산이나 특별히 만든 스케이트파크 등 새로운 라이딩 장소를 찾아서 여행을 많이 했어요. 유럽은 대부분 다 돌아봤는데 여권과 자전거 그리고 갈아입을 옷 몇 벌이면 충분했죠. 그것만으로도 항상 머물 곳을 찾을 수 있었어요."

요즘 빌리는 주문 제작한 모델을 타는데, 몇 년 전에 그가 타던 모델보다 더 가볍고 안정적이다. 프레임과 포크, 핸들바는 전문 라이더가 소유한 에스 앤드 엠 바이크스 S&M Biks라는 미국 회사 제품이다.

"브릭스턴 사이클스에서 열일곱 살 때부터 일했어요. 이상적인 직장이었죠. 런던에 있는 자존심 강한 BMX 라이더들이 찾는 스톡웰 스케이트파크가 바로 숍 근처에 있었단 말이죠. BMX를 탄다는 것은 자기 자신을 끊임없이 단련시켜야 한다는 것을 뜻합니다. 바로 이것 때문에 저는 달려 나가죠. 위험을 감수하면서도 좋은 결과를 기대하는 이유죠. 항상 그런 것은 아니지만, 경험을 통해 배울 수 있고, 몸이 허락하는 한 자전거 위에서는 자신감을 회복할 수 있어요.

페니파딩 세계 일주

"공짜 술 한 잔 얻어 마시려고 했던 말에서 시작했어요. '난 세계 일주를 할 거야!' 물론 헛된 시도는 아니었죠. 철저하고 치밀하게 계획했어요. 1998년 저는 제2차 세계대전 이전에 나온 믿음직한 BSA를 타고 암스테르담까지 갔습니다. 자전거를 타는 것이 내가 사는 나라를 몸으로 느끼는 유일한 방법이라는 것을 처음부터 명확히 알았어요. 그래서 1884년 토머스 스티븐스처럼 페니파딩으로 세계일주를 계획했죠. 그래요, 페니파딩으로요!" 조프 서머필드Joff Summerfield의 말이다.

"1999년 Mk-1 페니파딩을 만든 게 처음이었죠. 하지만 얼마 후 자동차와 충돌하는 바람에 앞바퀴가 망가져 버렸어요. 새로운 바퀴를 달고 새천년을 기념하기 위해 파리까지 갔는데, 이 과정에서 Mk-1이 너무 무겁다는 커다란 교훈을 얻었죠. 2000년에 Mk-2가 나왔고, 랜즈엔드에서 존오그로츠까지(영국 종단 코스-옮긴이) 시험 삼아 달려봤어요. 2001년에 거의 완벽한 Mk-3를 만들면서 일생일대의 여행을 떠날 준비를 하게 되었죠. 친구와 가족의 따뜻한 작별인사를 뒤로 한 채 출발했습니다. 그들은 나를 위해 차를 대접할 계획이 없었지만 그런 일이 일어났어요. 26마일(약 41킬로미터)을 갔을 때 양쪽 무릎에 이상이 생긴 겁니다. 2003년이 되어서야 양쪽 무릎

이 나았고, Mk-4도 다시 준비됐죠. 이번에는 더 멀리 부다페스트까지 갔지만, 다시 무릎 부상을 입고 말았어요.

지금도 친구와 가족은 제가 정기적으로 건네는 작별인사에 익숙하죠. 그래서 2006년 5월에 떠날 때도 '그래, 곧 다시 보자!' 하는 인사를 받았어요. 2008년 11월, 30개월 동안 스물네 나라를 통과하고 2만 2,500마일(약 3만 6,200킬로미터)을 달려서 세계 일주에 성공하고 집으로 돌아왔어요.

중국의 만리장성, 에베레스트 산의 발치, 애리조나의 데스밸리, 그리고 수많은 국경을 통과하는 것은 무척 즐거운 일이었어요. 국경경비원이 멀리서 반짝거리며 다가오는 나를 발견하고 어떻게 생각할까 궁금했는데, 피스 헬멧Pith helmet(더운 나라에서 머리를 보호하고 햇빛을 가리기 위해 주로 쓰는, 깊고 챙이 달린 하얀 모자-옮긴이)을 쓴 사람이 큰 바퀴에 우뚝 올라 앉아 있는 것을 알고는 황당해 하더군요.

자전거와 단둘이 지내게 되면서 저는 자전거를 '아내'라고 부르기 시작했습니다. 다루기 힘든 아내를 메고 수많은 호텔 계단을 오르내려야 했지만, 밤에도 떨어지지 않았죠.

저처럼 여행을 떠나고 성취를 이룬 사람은 마음가짐이 바뀝니다. 마음이 훨씬 넓어지고 늘 감사하고 어떤 것도 당연하게 여기지 않죠. 도전이 끝나도 상실감을 덜 느껴요. 다음에는 뭘 할까? 이미 말했듯이 또 하고 싶어요. 아직도 볼 것이 많고, 가야 할 곳은 무궁무진하니까요."

헌힐 벨로드롬

1948년 런던올림픽 사이클 경기가 열렸던 곳이자 그 역사가 1891년으로 거슬러 오르는 헌힐 벨로드롬Herne Hill Velodrome은 오랜 세월 많은 변화를 겪었다. 처음에는 노면에 나무 조각을 이어 붙였다가 콘크리트로 바뀌었고, 가장 최근에는 최첨단 전천후 노면으로 교체되었다. 헌힐 벨로드롬은 선구자들의 주도로 영국에 있는 다른 어떤 벨로드롬보다 더 많은 오픈 레이스 이벤트를 열고 있고, 또 이곳은 투르드프랑스와 올림픽 챔피언인 브래들리 위긴스Bradley Wiggins 경(2012년 투르드프랑스에서 우승했고, 그해 열린 런던올림픽에서도 두 개의 금메달을 따내 기사 작위를 받았다-옮긴이)이 즐겨 찾는 곳이기도 하다.

초보자를 위한 강습 시간도 마련되어 있는데, 누구나 특별한 자전거를 빌려서 유명한 트랙을 달려볼 수 있다. 헌힐 벨로드롬 기금의 도움으로 경기장의 미래는 탄탄해 보인다. 그리고 앞으로도 오랫동안 올림픽 유망주들이 찾을 것이다.

롤라팔루자

롤라팔루자Rollapaluza란 무엇일까?
구성: 두 명의 참가자와 대형 전광판이 연결되어 있는 맞춤 제작한 한 쌍의 롤러.
목적: 정밀 디지털 시간 계측기와 시속 50마일(약 80킬로미터) 이상의 속도로 질주하는 500미터 시뮬레이션 사이클 경기.
목표: 가장 빠른 사람이 되는 것. 내내 음악이 함께하고, MC는 흥을 돋우며, 관중들은 응원을 펼친다.

　　롤라팔루자 롤러 레이싱은 영국의 어느 자전거 메신저가 1999년 '취리히 자전거 쿠리어Courier(유럽에서는 자전거 메신저를 쿠리어라고 부른다. 미국과 일본에서는 메신저라 한다—옮긴이) 세계선수권대회'에서 진행된 롤러 경기를 보고는, 런던에도 비슷한 이벤트를 열어야겠다는 영감을 받아 2000년부터 시작되었다. 이 이벤트는 해마다 열렸고, 급격히 늘어난 언더그라운드의 픽시 동호인들에게 지속적인 호응을 얻었다. 2007년에는 런던에 이 이벤트를 처음 소개한 메신저의 동료인 캐스퍼 휴즈와 폴 처칠이 롤라팔루자를 상업적인 회사로 만들었다. 그들은 이제 세 나라에 프랜차이즈를 두어 운영하고 있고, 2012년 영국에서만 2만 명이 참가했다.

브뤼주

괴짜들

자전거는 자신만의 개성을 따라 조용히 발전해왔을 뿐 강요된 필요성에 의해 진보하지 않았다. 여기서는 정해진 틀에 얽매이지 않고 자신만의 편안함을 추구하는 사람들을 만날 것이다. 이들에게 자전거는 일종의 디자인 형식으로, 너무나 편하고 단순해서 창조적으로 장식하기에 이상적인 도구이다. 다시 말해 빈티지 패션처럼 애정을 쏟아붓거나 디자인, 예술, 창의성처럼 경외할 수 있는 대상이기도 하다.

엘리자베스 같은 이는 훨씬 더 사랑스러운 자전거를 얻기 위해 매우 먼 길을 갔다. 톰 캐런 같은 전위적인 인물은 잘나가는 산업디자이너인데, 어린 시절의 수많은 추억을 새긴 자전거를 스케치했다. DJ로 일하는 노먼 제이는 한참 늦게야 어린 시절의 꿈을 실현했지만 그로서는 당연한 일이었다. 좀 더 영역을 넓히면, 브루클린에서는 완벽한 자전거와 기이한 복장을 무수히 모으는 수집가를 만날 수 있다. 네덜란드의 발명가 툰의 창작물은 오직 그의 상상력에만 의존하는데, 그는 기묘한 자전거의 진정한 장인이다. 캘리는 사랑스러운 자전거를 수없이 얻었고, 그의 버킷 리스트에 특별히 추가된 사이클링에 감사해한다. 마지막으로 패션 아이콘인 폴 스미스 경의 사이클링에 대한 끝없는 열정은 그의 스타일리시한 패션에 대한 열정과 함께한다.

미래 세대들도 자전거 문화의 다양한 길을 꾸준히 찾아 떠날 것이다. 아마도 몇몇은 이들처럼 선구적인 괴짜들과 자전거에 대한 그들의 강한 열정에 전염될 것이다. 이들의 열렬한 창의성은 남들과 다른 것이 좋다는 것을, 그것도 매우 좋다는 것을 증명한다.

MICHELIN TYRES

캘리

"내가 수집한 자전거를 박물관의 소장품 정도로 여기면 곤란합니다. 이 자전거들은 거의 손을 대지 않았고 혼자서만 탔으며, 또 제대로 가치를 인정받았어요. 내가 가진 모든 것은 중고품인데, 그렇다면 이것들을 왜 가지고 있는지 궁금할 겁니다. 아마도 내가 원하는 만큼 자주 사용하지는 않지만 최소한 일 년에 한 번은 모든 자전거가 멋진 외출을 합니다. 여기에는 친구와 함께 개조하면서 재창조한 1879년형 로손Lawson의 바이시클릿Bicyclette도 있지요." 자전거광인 캘리 캘로몬Cally Callomon의 말이다. 그는 음악계에서 최고 수준의 아티스트들을 관리하는 예술감독으로 일하며 오랫동안 성공적인 경력을 쌓았지만 엄청난 스트레스에 시달렸다. 하지만 일의 우선순위를 재조정하면서 좀 더 한가로운 취미인 사이클링에 빠져들었다.

　"나한테 있는 모든 자전거는 각자 나름의 사연이 있어요. 나는 자전거를 타기 전에 그날그날 기분에 따라 자전거를 고릅니다. 이는 자전거를 탈 때 필연적으로 일어나는 과정이죠. 그렇게 자전거와의 관계가 좋아집니다. 그리고 자전거에 올라 막 출발하는 순간 과거의 경험에 의해 이 자전거가 어떤 느낌을 줄지를 알 수 있어요.

　다행스럽게도 나는 아름다운 서포크 지역에 살고 있는데, 그것도 155번 도로 거의 한가운데지요. 내 계획은, 세상을 떠나 창조주를 만나기 전에 이 지도에 있는 영국 종주 코스를 따라 반경 11마일(약 18킬로미터)의 모든 길을 자전거로 타보는 겁니다. 그렇죠, 나는 길도 수집하고 있는 중이에요! 최소한의 거리로 이 작업을 마무리하기 위해 과학적으로 계획한 루트는 없어요. 아니, 실은 전혀 딴판이죠. 경우에 따라서는 아직 가보지 못한 반 마일을 위해 예전에 갔던 길을 30마일이나 달리기도 하니까요!"

톰 캐런Tom Karen은 유명한 산업디자이너지만, 전문영역 밖에서는 그리 알려져 있지 않다. 하지만 톰의 디자인 마술은 수많은 가정에 스며 있다. 식기세척기부터 (모든 어린이가 좋아하는) 마블런Marble run(구슬을 굴려서 노는 어린이 장난감-옮긴이), 라디오와 자동차 그리고 본드버그Bond Bug(1970~1974년 생산된 영국제 2인승 스포츠카로 바퀴가 셋인 것이 특징이다-옮긴이), 릴라이언트Reliant의 쉬미타 GTE(릴라이언트는 영국의 자동차 회사로 쉬미타 GTE는 1968~1972년 생산된 2도어 스테이션왜건이다-옮긴이)도 포함된다. 하지만 그가 가장 자랑스러워하는 아이템의 하나는 롤리차퍼Raleigh Chopper다. 이 자전거는 못 말리는 말썽꾸러기 아이도 "말 잘 들으면 한 대 사주마."라는 부모의 설득에 넘어가는 제품이다. 잘 생각해보면, 1970년대에 자란 사람들이 지금은 시대의 상징이 된 자전거를 얻기 위해 무엇인들 못 했을까.

"1960년대 초, 나는 오글디자인Ogle Design의 전무이자 수석디자이너였어요. 롤리는 스윈의 크레이트Krate 시리즈에 대항할 목적으로 창의적이고 신선한 아이디를 찾기 위해 오글에게 다양한 콘셉트의 디자인을 요청했지요."

디자이너

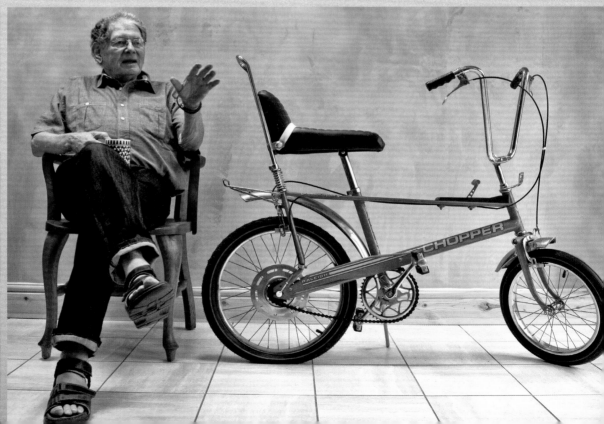

차퍼가 도시를 누비기 전, 어린이용 자전거는 아버지가 출근하면서 타는 자전거의 축소판에 지나지 않았다. 당연히 자존심 강한 아이로서는 거리를 달리는 자신의 모습을 보여주기 싫은 자전거였다. 차퍼는 멋진 자전거의 전형이었다. 쐐기 형태의 프레임과 편안한 폴로 안장, 높직한 에이프 행어ape hanger 핸들바, 앞뒤 20/16인치의 드래그스터 바퀴(엉덩이를 안장 뒤쪽으로 조금 옮기는 것만으로도 멋진 윌리wheelie를 구사할 수 있다), 스터메이 아처의 센터 기어 변속기, 그리고 변화무쌍한 색상까지 갖추었다.

"슬프게도 최근 차퍼의 디자인 콘셉트에 불만이 제기됐는데, 롤리의 디자인 부문을 이끌었던 故 앨런 오클리의 기술에서 조금도 벗어나지 않았어요. 하지만 그 콘셉트는 내 아이디어였지요. 디자인에 대한 논란에 끼어드는 것은 내 일이 아닙니다. 내 마음속에서 그리고 종이 위에서 나는 무엇이 옳은지 알아요."

차퍼는 1984년 BMX가 어린이들의 관심을 돌리기까지 호시절을 보냈다. 그때까지 150만 대가 팔렸다.

"한 사람의 디자이너로서 내가 한 일이 아직도 다른 사람들의 추억을 자극한다는 것은 정말 놀라워요."

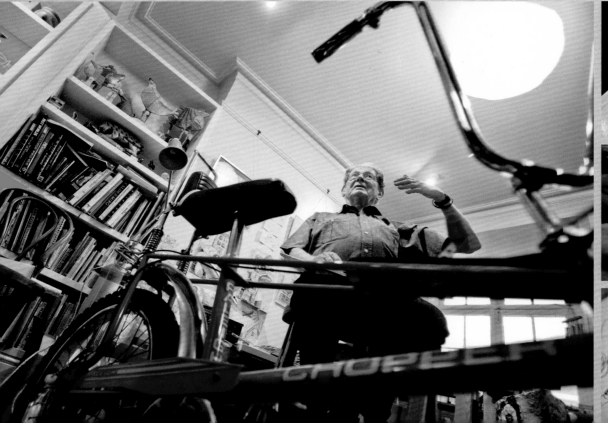

어번 부두 머신 밴드

"멋진 자전거 복장이라기보다는 평소에 입는 옷을 자전거 탈 때도 입을 뿐이에요." 이렇게 말하는 사람은 카지노 운영자이자 가수 겸 작곡가인 폴로니 앤젤 그리고 뱀을 부리고 불을 내뿜는 튜바 연주자인 그의 아내 레이디 에인 앤젤 부부이다. 이들은 어번 부두 머신The Urban Voodoo Machine이란 밴드를 함께하고 있다. 그들의 음악은 전통적인 장르 구분에 꼭 들어맞지 만 그들은 행복한 마음으로 자신들만의 음악을 만들었으니, 이름 하여 '버번 소크드 집시 블루스 밥앤스트롤Bourbon Soaked Gypsy Blues Bop'n'Stroll'('버번 술에 흠뻑 젖은 집시 블루스, 밥과 스트롤'이란 뜻이다-옮긴이)이다.

두 사람의 기묘한 자전거는 듀스Deuce(영국과 미국에 있는 대중적인 자전거 숍-옮긴이)가 제작한 것과 똑같은 모델이며, 두 사람은 해골 모양 밸브캡을 다는 정도로만 조금 개조했다. 에인이 먼저 코펜하겐에서 구입했고, 질투가 난 폴도 5년 전 런던 에서 결국 한 대를 구했다. 뒤로 기대앉는 자세와 편안한 스타일, 커다란 타이어가 주는 안락한 라이딩이 특징이다.

"우린 둘 다 노르웨이 출신인데, 특히 베르겐이나 오슬로 같은 도시는 자전거 문화가 상당히 발달해 있어요." 에인의 말이다. "지금 살고 있는 런던에서 자동차는 정말 필요 없어요. 훨씬 더 빠르고 스트레스도 덜 받는 선택이죠(즉 두 사람의 크루저 자전거). 나는 헤어스타일리스트인데, 매일 해크니에서 소호까지 자전거로 통근해요. 하이힐은 자전거 타기에 가장 실용적인 선택은 아닐지 모르지만, 다른 사람을 위해 복장을 바꿀 생각은 꿈에도 없어요."

야시와 로이

"제 자전거 로이Roy는 자부심이자 즐거움이에요." 런던에 사는 순수미술 전공자이며 극장 화가인 야시Yasi의 말이다.

"로이는 픽스드 기어 자전거로, 저의 세 번째 자전거이면서 스스로 만든 두 번째 자전거이기도 해요. 로이에게 맞는 부품을 구하는 데 1년 넘게 걸린 것도 자랑스러워요. 로이는 맨 처음 프레임과 필Phil 허브 세트, 캄파놀로 피스타Campagnolo Pista 체인 세트로 시작했는데, 이 모두는 픽스드 기어 라이더들의 대규모 커뮤니티인 LFGSS(London fixed-gear and single-speed) 사이트에서 구했어요. 나머지 부품들은, 더티 해리 브레이크 레버(계속 남자 이름을 쓴다)를 포함해서 모두 자전거 바자회에서 구했죠. 이 과정에서 많은 빈티지 자전거 판매상을 알게 되었는데, 그중 한 명과는 좋은 친구가 되었어요.

수면 아래에는 스타일리시한 어떤 흐름이 있지만 나는 패션을 위해 픽스드 기어를 타지는 않아요. 대신 스스로 만들었기 때문에 로이를 타고, 좀 더 솔직하게 말하면 도시에서는 픽스드 기어가 한결 편한 해결책이기도 해요. 아직 로이에게 나쁜 소식을 전한 것은 아니지만, 수집할 만한 다른 자전거 한 대를 복원하고 있어요. 아마도 둘 사이에 시간을 공평하게 나누는 것은 꽤 힘들 것 같네요."

어번 어솔트 커브 크롤러

"작업실에서 몇 시간 동안 손본 낡은 BMX 프레임과 직접 만든 앞쪽의 운전대, 폭이 넓은 크루저 타이어와 밀리터리 액세서리를 이용해 한 달 만에 최신작, 어번 어솔트 커브 크롤러Urban Assault Kurb Krawler(어번 어솔트는 도시의 광장이나 뒷골목, 난간과 계단 등에서 즐기는 라이딩이다. 커브 크롤러라는 이름은 'curb crawler'를 빗댄 것으로, 크롤러는 '기어가는 것' 또는 탱크와 같은 무한궤도 탈것을 말한다-옮긴이)를 완성했어요." 닐 스탠리Neil Stanley의 설명이다.

"현대적인 리컴번트Recumbent(뒤로 눕듯이 기대서 타는 자전거-옮긴이) 스타일의 자전거는 처음 시도했는데, '파이던 로레이서Python Lowracer(비단뱀처럼 낮은 자세로 달린다는 뜻이다-옮긴이)라고 이름 붙였어요. 황당한 콘셉트지만 실제로는 효과가 있었죠. 재미의 절반은 디자인과 제작 과정에 있어요. 사실 자전거와 데이트를 하기 위해 만든 것은 이번이 네 번째입니다. 이 자전거는 완전히 다른 라이딩을 즐길 수 있지만 배우기가 어려워요. 두 발은 페달링뿐 아니라 필요할 때는 오므려서 피봇 센터-스티어드 프론트 엔드pivoted cetre-steered front end(다리로 중심축을 기울여 방향을 바꾸는 것-옮긴이)를 통해 방향을 바꿔야 합니다. 보시다시피 손은 쓰지 않아요!"

'God straft onmiddellijk.' '신은 반드시 벌을 준다'는 뜻의 네덜란드식 표현으로, 툰Toon의 아내 리에크 Riek가 한 말이다. 페니파딩을 타다가 앞으로 고꾸라져 쇄골 골절로 고생한 남편에게 아내가 한 말로는 다소 심해 보인다. 하지만 리에크는 툰이 그날 페니파딩을 탄 것은 자전거를 탄 예쁜 여성들을 더 높은 위치에서 보기 위해서였다고 하면서 그 벌을 받았다고 생각한다.

"내가 자전거에 매료된 것은 장거리 라이딩을 좋아해서가 아니라 기계적인 창의성 때문이지. 우연히 흥미로운 자전거를 보게 되면 나는 그 뒤에 숨어 있는 기계적인 구조를 몇 시간씩 살펴봐. 그건 아마도 카다닉 드라이브 샤프트cardanic drive shaft(중심이 서로 다른 동떨어진 두 곳에 동력을 전달해주는 축 연결 방식이다. 후륜구동 자동차의 하부에 있는 구동축도 플렉시블 조인트를 이용해 엔진 출력을 뒷바퀴로 전달하는, 일종의 카다닉 구동축이다—옮긴이)를 갖춘 나의 첫 자전거, 1910년식 FN(Fabrique National d'Armes de Guerre, 벨기에 자전거 브랜드)부터였을 거야. 쉽게 말하면, 페달과 바퀴 사이에 드라이브 샤프트로 동력이 전달되는 체인 없는 자전거였지. 50년 전에 전 소유주의 미망인이 내게 준 거지. 이 자전거의 기계장치에 감탄한 뒤로나는 수많은 다른 사례들을 수집하고 있다네."

툰이 만든 자전거를 보면, 아무래도 진정한 천재 발명가이자 엔지니어의 작품이면서 어딘가 광적인 느낌도 준다. 그의 수집품들은 다른 곳에서는 보기 힘든데, 모노사이클mono cycle(모노휠mono wheel이라고도 한다. 커다란 하나의 바퀴 안쪽에 앉아서 타는 방식의 자전거다-옮긴이), 나막신 자전거(네덜란드 국기를 형상화한 애국적인 발목양말까지 완비했다), 너비 1.2미터의 쇠뿔 핸들바 등이다.

"나의 작품들은 쓸모없는 재료나 물건에서 시작되는데, 그런 걸 보면 머릿속에서 뭔가가 째깍거리기 시작해. 이를테면 나는 시계탑 수리 일을 했는데, 자주 그랬듯이 상상력은 엉뚱한 곳으로 향해서, 자전거 부품으로 기능적인 시계를 만들 수는 없을까 고민하는 것이지. 사람들은 '그건 불가능하다'고 했지만 나는 해냈다네.

나의 모든 자전거가 소중하지만, 오직 자전거만 탈 수 있는 태평양의 섬으로 단 한 대만 가져가야 한다면 바텀 브래킷bottom bracket(페달을 밟으면 돌아가는 크랭크의 축이 프레임과 결합되는 부분이다. 자전거에서 가장 힘이 많이 걸리는 곳으로, BB라고도 줄여 부른다-옮긴이)에 3단 내장변속기를 갖춘 알데르Alder를 고를 거네. 아주 튼튼해서 완벽한 라이딩이 가능하지.

의사는 내가 엉덩이 수술을 받은 뒤로는 조심해야 한다고 지금도 말하지만, 그렇다고 내가 멈출 사람은 아니지. 앞으로도 오랫동안 계속 발명할 걸세."

옐로 저지

젊은 시절의 꽤 심각한 자전거 사고가 아니었다면 폴 스미스Paul Smith 경은 오늘날 많은 사람들에게 영국에서 가장 성공적인 패션디자이너로 쉽게 인정받지 못했을 것이다. 대신 자전거 계통에서의 엄청난 성공을 통해 그는 찬사를 받고 있는데, 하지만 누가 알겠는가? 변덕스러운 운명의 손은 여전히 작동하고 있다. 하지만 그는 오랜 성공의 여정에서도 자전거에 대한 놀라운 열정을 유지해왔다.

그의 사무실을 장식하고 있는 많은 자전거 중에는 6.9킬로그램의 핑크빛 탄소섬유 프린키피아 Principia 로드바이크와 그가 직접 용접한 놀라운 메르시안Mercian, 그리고 아름답게 꾸미고 직접 칠해서 완성한 폴 스미스의 줄무늬 사인이 들어간 프레임 수집품들이 있다.

    "나는 온갖 종류의 놀랍고, 영감을 주며, 때로는 기괴한 물건과 수집품들을 모아요." 그러나 패션과 자전거에 대한 분명한 애정으로 볼 때 자전거복 외에 다른 무엇을 상상할 수 있을까? 세계적인 자전거 선수의 이름이 들어간 자전거복을 입기 위해 폴 스미스 경이 누리는 특전의 하나, 우승자의 사인이 들어간 옷의 확실한 수혜자가 되는 것이다. 그래서 그의 사무실에는 다양한 색상의 자전거복이 있는데, 마치 만지지 말라는 듯이 모두 완성되지는 않은 상태.

    자전거에 대한 열정이 매우 깊은 그에게 '만약에'라는 도발적인 상황을 던져보았다. 그는 매우 난감한 질문 하나를 인정했다. 유명한 옐로 저지yellow jersey(세계 최고 권위와 최대 규모를 자랑하는 자전거 대회인 투르드프랑스의 종합 1위 선수가 입는 노란색 상의로, 큰 대회의 우승자를 상징하기도 한다─옮긴이)를 입을 수 있는 기회를 위해 성공적인 인생을 가져다준 패션 제국을 포기할 수 있을까? 그는 어려운 질문이라고 인정하면서도 긍정적인 답을 내놓았다!

르준

"자전거 전문가는 아니지만 뭔가 특별한 것을 원했어요. 1970년대 르준Lejeune 자전거를 처음 보았을 때 바로 매료되었죠." 파리지엔으로 희극 댄서인 쉬크레 도르쥐Sucre d'Orge의 말이다. 르준은 적정한 가격과 미학적인 즐거움을 주는 디테일로 유명한 프랑스의 클래식 프레임이다. 1972년 투르드프랑스에 출전하기도 했다.

"나는 르준의 모양새를 사랑해요. 프랑스어로 표현하자면 'il a du chien', 즉 '특별한 매력이 있다'는 뜻이에요. 지금까지 나온 자전거 중 가장 아름답다고는 할 수 없지만 르준의 모든 것이 나를 기쁘게 해줘요. 우리는 서로 '닮은' 것 같은 이상한 친밀감이 있어요. 나는 무대 위에서건 아래서건 우아한 걸 좋아하죠. 그래서 자전거 복장을 말하자면, 나는 빈티지 스타일을 좋아해요. 낭만적이면서 예전 시대의 생활방식을 재현하는 것이죠. 화려함은 풍자극을 위해서만 유지하는 것은 아니에요! 주말에는 부아드벵센Bois de Vincennes까지 자전거 타는 것이 가장 좋아요. 특히 센 강을 따라 자동차 통행이 금지된 일요일이 좋죠. 파리에서 자전거를 타는 것은 기분 좋은 일이죠. 그리고 이제 나는 자전거를 다른 방식으로 봐요. '더 작지만 더 멋지다'고 말하죠."

앨런 슈퍼 골드

"언제나 (대개는 낡은) 자전거에 주목합니다." 존 에이브러햄스John Abrahams은 말한다.

"돌아가신 아버지는 빈티지 낚시 도구에 대해서는 대단한 전문가였지만, 자전거에 대해서는 잘 모르셨어요. 하지만 내가 자전거에 대해 이것저것 좀 알고 있다는 것을 알고 계셨죠. 아버지는 또 열성적으로 카부트 세일car-boot sale(일요일 아침 일찍 열리는 영국식 벼룩시장 장터-옮긴이)을 찾아다니셨는데, 아버지와 아들이 의견 일치를 보는 것이 있었어요. 일요일 아침 아버지는 내게 전화를 걸어 당신이 발견한 어떤 자전거를 묘사하는 겁니다. 때로는 그런 자전거가 멋지기도 했지만 대개는 기대에 한참 못 미쳤죠. 한번은 아버지 께서 평소보다 열심히 카부트 세일을 뒤지셨죠. 프랑스의 마옌 지방에서 1970년대 앨런 슈퍼 골드Alan Super Gold 에디션을 10유로에 구입하셨어요. 그것도 주인과 15유로에서 흥정해서 말이죠! 아버지의 자전거 지식이 느는 것 같아 감격했죠."

앨런 슈퍼 골드는 극도로 희귀하며, 흥미롭게도 러그에 무늬를 새긴 것이 특징이다(여기 실린 사진에는 크롬 러그에 무늬가 보인다).

"아버지가 발견하는 다른 보배들도 무척 보고 싶었지만 슬프게도 아버지는 얼마 후 암으로 돌아가셨어요." 존이 덧붙였다.

"겉으로 드러나는 가치로만 본다면 다른 경우에 비해 세계에서 가장 흥미로운 자전거 스토리라고는 할 수 없을 겁니다. 하지만 왜 이 자전거가 내게 그처럼 강한 감성적 가치를 가졌는지는 알 수 있을 거예요. 그 가치란 보존을 뜻하죠."

로열 메일 특별배송

"2011년 여름, 남아프리카공화국 미라나다감마Marina Da Gama에서 '자전거 권장 네트워크 Bicycle Empowerment Network'를 위해 자원봉사를 하고 있었어요. 이 단체는 전 세계에서 버려진 자전거를 기증받아 주민들이 지역에서 자전거 숍을 열 수 있도록 자전거 정비와 경영 기법도 가르쳤어요." 뉴욕의 여성 사이클링 단체인 'WE Bike NYC'의 창립자인 엘리자베스 조스Elizabeth Jose의 설명이다.

"영국에서 자전거가 실린 컨테이너가 도착했는데, '70 파쉴리 로열 메일Pashley Royal Mail 집배용 자전거'로 표기되어 있어서 첫눈에 마음이 갔어요. 우리는 컨테이너를 비우고 내용물을 분류한 다음 자전거 숍 주인들이 판매용으로 고를 수 있게 준비했죠. 이때 나는 로열 메일의 5단 기어 메일스타MailStar 자전거(짐작컨대 MS12)에 너무 마음이 끌려 트럭이 와서 자전거를 싣고 갈 때, 내가 사랑에 빠진 그 자전거도 함께 가져갈까 두려워 가슴이 철렁 내려앉았죠! 나는 사람들의 눈길에서 멀리 떨어지도록 그 자전거를 한쪽에 치워두었다가 그곳에 있는 동안 타고 다니기로 했어요. 어쨌든 혼잣말을 한 거죠.

자원봉사 업무가 끝난 뒤 나는 그 자전거를 포함해 모두에게 작별을 고할 준비를 했습니다. 나는 자전거를 뉴욕으로 가져가고 싶었어요. 그렇게 되면 얼마나 멋질까! 결국 책임자에게 얘기를 했고, 추가로 일을 더 해주는 대가로 책임자는 내가 자전거를 가져가는 데 동의해주었어요. 만약 자전거가 팔리면 그 돈은 네트워크에 귀속하기로 했지요. 거래는 성사되었고, 이제 집에 가져갈 방법이 문제였어요! 이미 자전거 한 대를 가져온 상태여서 비행기에 두 대를 실어갈 수는 없었거든요.

　나는 장거리 사이클링에 익숙했어요. 몇 년 전에는 자전거로 미국을 횡단하기도 했지요. 하지만 지금은 대서양을 건너야 하는 사소한 일이 남은 거예요! 이런 나의 사정이 소문으로 퍼졌고, 1미터짜리 박스를 우편으로 미국에 보내는 데 200달러 정도가 든다는 얘기를 누가 해주었어요. 완벽했죠! 나는 박스 크기에 맞춰 넣기 위해 순서에 따라 자전거를 너트와 볼트, 와셔까지 완전히 분해했어요. 그리고 스테이션왜건에 실어서 우체국으로 옮겼습니다. 나는 멋지게 포장된 자전거를 들고 자랑스럽게 말했어요. '이걸 뉴욕으로 부치고 싶은데요.'

　그런데 기대하지 않은 대답이 돌아왔어요. '미안합니다. 박스는 폭과 깊이, 높이를 모두 합친 것이 1미터여야 합니다.'

　다른 사이즈는 추가 발송비가 2,500달러를 넘었어요! 맙소사! 나는 자전거를 원했지만 그것은 내가 감당할 수 없는 수준이었죠. 그렇다고 포기할 수는 없었어요.

　자전거를 집으로 가져갈 창의적인 방법을 궁리하는 데 몰두했어요. 하나는 자전거를 부두로 가져가서 뉴욕으로 가는 (대부분은 세계의 다른 지역을 경유하지만) 컨테이너선 선장에게 뉴욕에 도착하면 전화해달라고 부탁하는 것인데, 이건 너무 위험해 보였어요.

　최종적으로 다른 자원봉사자가 시카고로 간다는 것을 떠올렸어요. 운 좋게도 그녀의 짐이 가벼워서 추가로 짐을 보낼 수 있으니 된 것이죠! 그렇게 자전거는 시카고로 갔다가 도착하자마자 뉴욕으로 다시 넘어왔어요.

　그렇게 자전거는 왔습니다. 영국, 남아프리카, 시카고를 거쳐 뉴욕으로. 놀라울 정도로 다채로운 경험을 한 자전거죠. 영국인 여행자들은 낡은 자전거에 놀라면서 거듭 '어떻게 가져왔어요?' 하더라고요. 가끔 저 자신도 믿을 수가 없어요."

스윈

그것은 가장 현명한 전략이었다. 겉으로는 사랑하는 사람을 위해 선물을 사는 것 같았지만 진짜 동기는 자신의 수집품에 하나를 더하는 방법이었다.

"한동안 나는 남편 로기Loggy(원래 이름은 존인데 어떻게 그런 별명을 얻었는지 모르겠어요. 하여튼 그는 어렸을 때부터 로그나 로기라고 불러야 대답했죠)와 함께 축제를 쉽게 둘러볼 수 있는 빠르고 멋진 방법으로 자전거를 찾고 있었어요." 에스텔Estelle의 이야기다.

"어쨌든 우리 둘은 빈티지 스타일의 음악, 옷, 생활에 빠져 있었고, 집에는 오래된 미국 전자제품으로 가득했어요. 로그는 내가 클래식한 아메리칸 스윈Schwinn 자전거를 갈망하고 있다는 것을 잘 알았어요."

모터사이클 스타일이 뚜렷한 스윈은 수집 가치가 있는 상태라면 빈티지 애호가들이 열광하기 마련이다. 모터사이클을 닮아 다소 무겁지만 상관없다. 또 에스텔처럼 자신들의 자부심이자 기쁨인 자전거를 직접 개조해서 액세서리로 치장하지 않는 경우가 드물다.

그녀의 말이 이어진다.

"그런데, 놀랍게도 남편이 크리스마스 선물로 한 대를 사주었어요. 남편은 자전거가 캘리포니아에서 오고 있다면서 조금 기다리라고 했죠. 이제 막 수입되는 터라 타이어는 영국 땅을 아예 밟아보지도 못했다는 점이 더욱 좋았어요! 하지만 운송 방식을 믿을 수 없었는데, 어떻게 표현할까, 쉽게 말하자면 아주 독특했어요. 버블랩(에어캡, 속칭 뽁뽁이)과 골판지 대신 로그는 1950년형 쉐보레 패널 트럭이 훨씬 더 적합할 것이라고 판단한 거예요. 그래요, 맞았어요. 나의 사랑스런 남편은 인터넷에 매물로 나온 그 자전거를 발견하고 구매한 후, 기발하게도 그 트럭까지 찾아낸 거예요.

자전거를 찾을 때 남편은 내가 좋아하는 것을 염두에 둔 것이 분명했고, 또 영악하고 멋진 방법으로 자전거를 영국으로 가져왔어요. 덧붙이자면 그 트럭은 우리들 공동의 위시 리스트에도 있었기 때문에 모든 것을 용서할 수 있었죠.

나는 지금 가진 1955년형 스윈 Co-Ed를 사랑해요. 가장 가볍지는 않지만 편안하고, 사랑스러운 클래식 아메리칸 스타일이죠. 그렇게 나는 어쩌면 숨겨진 동기를 통해서 꿈의 자전거를 갖게 되었어요. 하지만 한마디 충고하자면, 사랑하는 사람이 "내가 당신을 위해 산 것 좀 봐요."라고 말할 때 잘 살펴야 해요. 어쩌면 다른 목적이 있을지도 모르니까요!"

롤리 차퍼

"이걸 찍으세요. 1970년대 초반 모델이에요. 어느 화창한 여름날, 나는 런던 노팅힐에 있는 집 근처에서 축구를 하고 있었어요." 이렇게 말하는 사람은 전설적인 DJ 노먼 제이Norman Jay이다. 그는 음악에 대한 공헌으로 대영제국 훈장을 받은 뒤로는 여왕까지도 자신의 팬으로 꼽는다.

"마침 휴식 시간이었는데, 한 아이가 내가 그때까지 본 자전거와는 상당히 다른 자전거를 타고 지나 갔어요. 순간 입이 딱 벌어졌죠. 모든 것이 조용해졌고 눈앞이 희미해지더군요. 그 자전거는 밝은 노란색의 롤리 차퍼Raleigh Chopper였어요. 오랫동안 본 듯했지만 실은 겨우 몇 초였고, 나는 멍한 상태에서 공원에 있던 모든 사람들과 함께 달려가며 소리쳤죠. '뭔지 가보자!'

당시 이 모델은 두 바퀴의 롤스로이스나 마찬가지였어요. 하지만 겉보기와는 딴판인 게, 타기에 아주 불편했죠. 그래도 개의치 않았죠. 멋있는 걸 좋아하는 아이들에게는 그것만으로 최고였으니까요. 38파

운드라는 가격표에 당장은 갖기 어렵겠다는 것을 알았어요. 그걸 사려면 아버지의 월급봉투를 몽땅 털어야 했죠. 그래서 차퍼는 조니 세븐의 장난감 기관총(내 시대의 또 다른 필수 장난감이죠)과 함께 나의 위시리스트에 포함되었습니다. 차퍼를 내 자전거로 만드는 대신에 나는 원래 타던 자전거에 차퍼 스타일의 핸들바와 수많은 프론트 라이트를 달고 다녔어요. 앞에서 보면(양쪽 모두는 아니지만) 차퍼라고 생각할 정도였죠.

차퍼에 대한 애정은 결코 줄어들지 않았어요. 1980년대 후반 어느 눈 내리는 겨울날, 호주머니에 현금이 좀 있던 나는 어느 고물상에서 보라색 차퍼를 발견했어요. 추가로 차퍼 두 대를 만들 수 있는 충분한 부품이 든 박스까지 있었죠. 이 모두를 사는 데 10파운드(한화로 1만 7,000원 정도)도 들지 않았어요! 마침내, 나의 위시리스트에서 하나가 빠진 겁니다.

지금까지 나는 열여덟 대의 차퍼를 모았어요. 이들은 런던에 사는 친구와 가족들의 집의 여기저기에 흩어져 있어요. 마치 어디든 내가 있는 가까운 곳에서 나만을 위한 전용 자전거 대여소가 있는 것과 비슷하죠. 앞으로 컬렉션은 줄어들겠지만 몇 대만은 항상 보유할 겁니다."

마테오

"그 자전거는 내가 주인공으로 출연한 텔레비전 광고를 찍을 때 샀어요." 마테오 샬롬Matteo Scialom은 자신의 픽스드 기어 자전거 지탕Gitane(프랑스 브랜드로 '집시'를 의미한다)에 대해 이렇게 말했다. 지탕은 가장 유명한 모델이 1950~60년대에 생산되었는데, 그가 가진 모델은 훨씬 신형이다.

"나는 자동차가 없어요. 파리 또는 어떤 대도시라도 자전거를 생각해보면 마찬가지예요. 그래서 나로서는 자전거가 이동하기에 가장 이상적인 방법이죠. 자전거로 파리를 탐험할 수 있고, 또 관광지로 알려지지 않은 곳도 발견하는데, 이런 곳은 자동차로는 거의 갈 수 없거든요. 나는 픽스드 기어 자전거가 주는 일체감을 좋아해요. 하지만 피곤할 때는 내 다리를 믿지 않아서 브레이크를 달고 다닙니다(픽스드 기어는 원래 브레이크가 없어서 빠른 속도에서 페달링을 멈추면 바퀴가 완전히 잠기기 때문에 매우 위험하다-옮긴이). 사이클링은 내 인생에서 유일하지는 않지만 매우 중요한 부분이죠."

흘러간 시절

"이야기라면 언제든 대환영입니다. 한때 나는 열정적인 로드바이크 선수였죠. 하지만 지금은 아내 웬디와 함께 여행을 하거나 일터로 가는 것처럼 일상적인 용도로 자전거를 타고 있어요. 다시 말하면 술집을 오갈 때 이용하는 교통수단인 셈이죠." 사이먼 도허티Simon Doughty의 설명이다. 그는 현대적이고 통기성이 좋으며 습기를 흡수하는 사이클링 의류가 있다는 것을 알지만, 보다시피 그의 옷장에서는 그런 옷을 찾을 수 없다. 그의 자전거는 실용적인 울 니트로도 충분한, 흘러간 시대에 굳건히 서 있기 때문이다.

"내 자전거는 스타일과 빈티지의 한 단면이에요. 보다시피 이것은 내구성이 좋고 무거운 1930년대의 경찰용 자전거예요. 속도를 위주로 디자인된 것이 아니죠. 내가 보기에는 경찰관이 잘 조정된 핸들바로 범죄자를 체포하기에 적당해요. 고백하자면 이 밖에도 1970년대의 콜나고Colnao(1954년 설립된 이탈리아의 자전거 브랜드-옮긴이) 로드바이크와 1980년대의 홀즈워스Holdsworth(1927년 설립된 영국의 자전거 브랜

드-옮긴이) 산악자전거 등 몇 대가 더 있어요. 이들 빈티지 모델들은 기본 구조는 그대로이면서 자전거가 어떻게 발전해왔는지를 볼 수 있어 좋아요.

우리의 믿음직한 H-밴(프랑스 자동차 업체 시트로엥이 만든 화물용 밴으로, H는 모델 타입이다-옮긴이)은 장거리 자전거 여행을 떠날 때 그 자체로 완벽한 휴식처 겸 숙소가 되어줘요. 우리는 1년에 2,000마일(3,200킬로미터) 혹은 그 이상 자전거를 타는 경우가 드물지 않아요. 계획한 루트를 따라 출발했다가 나중에 돌아왔을 때 안락한 쉼터가 되어주는 밴의 존재에 안도감이 들어요. 하루의 즐거운 사이클링 끝에는 편안한 마음이 들죠.

자전거는 오랫동안 우리가 즐긴 취미여서 사이클링이 우리의 일정표에서 정기적인 활동이 되지 않는 때가 언제일지 예상할 수 없다고 말하는 것이 정확합니다. 그런데 왜 이런 옷을 선택했냐고요? 우리의 자전거는 바뀔 수 있지만, 우리의 스타일은 절대 바뀌지 않을 겁니다."

벨로 빈티지

파리에 있는 벨로 빈티지Vello Vintage의 우고와 에드송은 프랑스 시골을 여행하며 버려진 자전거들을 트레일러에 싣고 와서 수리한 후 가게에서 되판다.

"이렇게 자전거를 구하는 것이 점점 어려워지고 있는데, 오래된 자전거에 대한 선호도가 늘고 있기 때문이죠. 그래서 적합한 모델을 찾기가 점점 힘들어지고 있어요. 하지만 우리는 자주 좋은 모델을 싣고 돌아와요. 비유하자면 자전거 낚시인 셈이죠. 자전거는 저 멀리 있고, 그걸 잡으려면 시간과 인내심이 필요하죠."

사진 속 자전거는 1909년 낭트에서 설립된 프랑스 회사인 스텔라Stella의 한 모델이다. 스텔라는 1950년대 투르드프랑스에서 두 번이나 우승 모델을 배출했다.

완벽주의자

"내 생각에 승객이 곧 엔진이 되는 가장 완벽한 교통수단은 랜도너Randonneur(프랑스어 발음은 란도뇌르)라고 하는 투어링 자전거입니다. 이 모델은 프랑스의 부유층 아마추어 애호가의 주문을 받아 생산되었어요. 일체감이 좋고, 튼튼하며, 가볍고 또 우아하죠. 속도 못지않게 편안함도 고려해서 디자인되었죠. 좋은 길이든 나쁜 길이든, 밤이든 낮이든 관계없이 일 년 내내 믿음직하고, 언덕은 꾸준히 올라가며 내리막에서는 아찔한 속도로 질주합니다. 주말여행에 기대할 수 있는 모든 것을 갖추고 있어요." 이렇게 설명하는 이는 브루클린에 거주하는 가이 레서Guy Lesser다. 그의 가벼운 18단 조니 코스트Johny Coast에는 천과 가죽 복합소재의 패니어Pannier(자전거에 부착하는 수납 가방. 주로 바퀴 좌우에 다는데, 핸들바 앞쪽에 단독으로 붙이는 경우도 있다. 원래는 말 등에 얹는 가방에서 유래했다–옮긴이)를 거치하기 위해 직접 만든 랙이 달려 있다.

"따라서 알렉스 싱어Alex Singer와 린 허스Rene Herse처럼 제2차 세계대전 이후에 번성한 '맞춤 제작' 자전거 제작자 시대 전체가 한 세대 이상이나 대부분 잊힌 것은 이상한 일입니다. 다시 말하면, 대략 10년 전만 해도 일련의 미국 프레임 제작자들, 특히 코네티컷의 J.P. 웨이글Weigle 같은 사람은 예전 오리지널 모델들을 그토록 훌륭하게 만드는 요소가 정확히 무엇인지 탐구했고 또 공유를 시도했어요. 그리고 그들 스스로 진행한 몇 가지 특별한 작업은 랜도너의 부흥을 만들어냈지요.

내 경우는, 첫눈에 반하면서 모든 것이 시작되었는데(우연히 린 허스의 초기 모델 사진을 보고), 나만의 모델을 만드는 데 2년 넘게 걸렸어요. 처음 계획은 빈티지 자전거를 한 대 사는 것이었지만, 모든 너트와 볼트까지 스스로 고르는, 살아 있는 프레임 제작자 '수르 메수르sur mesure'(기성품과 맞춤의 중간 정도에 드는 반 맞춤 형식-옮긴이)를 경험한다면 훨씬 많은 것을 배울 수 있다는 것을 깨달았죠. 그렇다면, 내가 선호하는 바로 그 부품들로 꾸며져 있고, 이상적인 맞춤 형태로 다듬어졌으며, 안정적으로 타기에도 충분할 정도로 튼튼한 오리지널 모델을 발견한다면 어떨까요? 그 나머지는, 흔히 말하듯이 역사예요. 아니면 적어도 역사의 꽤 불분명한 한 구석에 대한 사소한 부연설명이겠지요."

필립스와의 사랑

"많은 자전거와 사랑에 빠졌지만 오랫동안 관계를 유지한 것은 단 세 대예요." 해나Hannah는 말한다.

"케임브리지로 올 때까지 성인으로서의 내 인생에서 사이클링은 별로 중요한 부분이 아니었어요. 하지만 자전거를 타지 않는다면 케임브리지에서 살려고 해서는 안 됩니다. 케임브리지 역에서 내려 라이더가 필요한 모든 것을 갖춘 자전거의 바다로 들어서는 순간 바로 이것을 깨달았어요. 세 군데의 파트타임 통근을 위해 임시방편으로 자전거 몇 대를 탄 후 1920년대의 녹색 필립스 여성용 생활자전거를 구입했죠. 이것이 바로 내가 '롤스로이스'를 타는 데 빠진 순간이었어요. 내 생각에 롤스로이스 급 자전거는 철로 만들어진, 큼직한 야수여야 해요. 짧은 여행을 위한 자전거나 열차에 싣는 용도의 자전거는 절대 롤스로이스 급이 아니에요. 보너스는 타는 즐거움이 있고 덜컹거림을 거의 느낄 수 없으며, 아주 오래간다는 거예요.

몇 년 뒤 나의 필립스는 수명이 다했는데, 프레임이 망가지는 순간 한 가지 생각이 들었어요. 마침 전해 들은 얘기가 있어서 바로 자전거를 고쳐줄 수 있을 것 같은 용접 전문가 존 웨인에게 갔죠. 하지만 자전거는 그의 전문 영역이 아니었음이 곧 드러났어요. 수리 후에 자전거를 들어 올렸더니 수리 전보다 오히려 더 위험한 상태였거든요! 나의 귀염둥이가 예전의 영예를 되찾을 수 있을 거라는 희망은 곧 버렸어요. 하지만 좋은 친구와 '자전거 외과의사'의 도움으로 필립스는 도로에서 잘 회복하고 있어요. 그동안 나는 1950년대 롤리와 시간을 보냈고, 조지 롱스탭George Longstaff(영국의 핸드메이드 스틸 자전거 업체-옮긴이)의 예쁜 레이싱 바이크를 빌려 탔어요. 그리고 나로서는 이 관계가 얼마나 짧을지 확신이 없네요. 최근에 이 자전거를 타고 53마일(85킬로미터) 여행을 떠났는데, 일생일대의 경험이었거든요!"

개스킬의 홉 숍

"가게에 있으면 자주 너구리에 비유됩니다! 쓰레기를 뒤져서 찾아낸 이것저것들을 한쪽에 모아두었다가 앞으로 만들 물건에 사용하기 때문이죠." 이렇게 말하는 이는 테네시에서 태어나고 자란 애덤 개스킬Adam Gaskill로, 그는 '개스킬의 홉 숍Hop Shop'을 운영하고 있다. 그의 가게는 사람들이 매우 좋아하고 또 멋진, 비록 현대에 만들어졌지만 클래식해 보이는 '가공의' 역사를 가진 자전거를 위한 곳이다.

"부분적으로 주워 모은 부품들을 이용해서 자전거를 조립하는 것은 즐거운 일이죠. 사실 이 과정을 '제작'이라고 요약할 수는 없어요. 더욱 정확하게 표현하자면 '조각'에 가까워요. 하나의 부품이 있으면 우선 맞춰보고, 맞으면 잘 연마해서 그 부분에 끼워 넣습니다. 그렇게 해서 자전거는 최초의 콘셉트에서 분명히 진화하며, 이 과정에서 새로운 방향으로 두서없이 진행되는 것을 나도 잘 알아요. 특히 최근에 쓰레기 더미에서 뭔가를 찾아냈을 때 더욱 그래요.

조상에게 경의를 표하고 테네시 주의 상징 동물에게 눈인사라도 하기 위해 내가 만든 자전거에는 너구리 꼬리를 답니다. 그리고 물론, 모든 자전거는 나의 복잡한 사인 도안으로 세부를 장식하죠. 내 자전거를 한마디로 표현한다면, '성공 아니면 실패!'죠."

BSA 접이식 자전거

제2차 세계대전 중인 1942~45년, BSA 에어본 자전거는 자체 낙하산이나 공수부대원에 의해 전장에 투입되어 적진에 도착하기 직전까지 사용되었다. 전투에 활용되었지만 계획만큼 활발하게는 이용되지 않았다. 목표는 병사들이 착륙 지점에서 벗어났을 때 걷는 것보다 훨씬 더 빨리 전장으로 접근하게 해주는 이동 수단이 되는 것이었다.

미즈타니 슈퍼사이클

완전히 새것처럼 잘 보존된 일본제 빈티지 모델인 미즈타니Mizutani 슈퍼사이클이다. 앞쪽 머드가드의 섬세한 처리와 크롬 러그Lug(프레임을 이루는 파이프와 파이프를 이어주는 접합재. 오른쪽 아래 사진에 머드가드를 잡아주는 부분에 반짝이는 크롬 도금을 한 러그가 보인다–옮긴이), 발전기 그리고 예스러운 센터 풀 브레이크Center pull brake(오른쪽 아래와 같은 형식의 브레이크 타입이다. 좌우 두 개의 브레이크 패드를 연결한 지지대 가운데를 위로 끌어당겨 제동력을 얻는 옛날 방식이다–옮긴이)를 주목하라.

엘스윅호퍼 스쿠페드

엘스윅호퍼Elswick-Hopper(1913년 창립된 영국의 자전거 제조회사-옮긴이) 스쿠페드Scoo-Ped는 1950년대 초의 극단적인 유선형 타입 자전거로, 몇 대 남아 있지 않다. 스쿠페드는 당시 10대들의 드림 바이크였다. 하지만 스쿠터를 닮은 유일한 단점은, 실제로 엔진이 달린 스쿠터라고 착각한 경찰들이 질투심에 의한 검문을 한다는 것이다.

차리에 카페

"자전거로 얻을 수 있는 특별한 것들을 탐구하는 일은 언제나 즐거워요. 무엇보다 나는 잘 내린 커피를 정말 사랑합니다. 그러니 내가 가장 좋아하는 두 가지를 함께 할 수 있는 나의 자전거 카페 '차리에 카페CharRie's Café'보다 더 나은 것이 있을까요. 2010년 일본 나고야에서 서클즈Circles 자전거 숍에서 일을 했는데, 일본을 떠나 해외로 여행을 떠나기까지 매주 일요일 커피를 끓여냈어요."

지금 리에 사와다는 베를린을 자전거로 돌아다니며, 특별히 개조한 빈티지 로드바이크로 수많은 자전거 이벤트에 참가하고 있다. 직접 볶아내고 만든 '기적Miracle' 커피와 쿠키를 서빙하는 그녀는 행복한 모습이다.

핵 벙커 터널

이들 자전거는 영국 에섹스 켈브돈 해치Kelvedon Hatch에 있는, 지금은 봉인이 해제된 핵 벙커에 있다. 입구에서부터 길이 91미터의 터널을 재빨리 통과하기 위해 마련되었다.

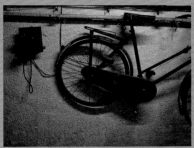

최고의 신문배달원 선발대회

최고의 신문배달원 선발대회Criterium des Porteurs de Journaux는 파리의 자갈길에서 해마다 열린, 매우 인기 있고 잘 알려진 24마일(38.6킬로미터) 자전거 경기였다. 이 대회가 다른 수많은 대회와 한 가지 다른 점은 15킬로그램의 신문을 짐칸에 매고 달려야 한다는 것이었다. 어쨌든 이 경기의 우승자는 파리에서 가장 빠른 신문 배달원으로 인정받았다. 일반적으로 파리 전역의 신문 배달은 짐자전거를 이용했기 때문에 이 경기는 참가자들이 자신의 '신문 배달' 기술을 알릴 수 있는 기회가 되었다. 첫 경기는 1895년에 열렸고, 1960년대 중반까지 이어졌다. 미크 킨랜드Miq Keenland가 보유한 자전거는 짐자전거 스타일로, 1930년대의 전형적인 모델이다. 어쩌면 이 자전거가 신문배달 대회에 출전했는지도 모를 일이다.

변화를 만들다

여기서 보겠지만, 자전거에는 다양한 도움이 필요한 사람들을 돕기 위해 교육하고 적응하는 능력이 있다. 어떤 경우에는 다른 교통수단도 비슷한 도움을 줄 수 있는 것이 사실이다. 하지만 자전거는 친근한 태도와 부담 없는 접근으로 다른 교통수단이 실패한 곳에서 성공을 이뤄낸다. 어떤 동력원도 필요 없이 인간의 육체적 능력으로만 움직인다는 것도 큰 장점이다.

먼저 가나로 가보자. 가나에서 자전거는 접근하기 쉽고 안정적인 교통수단으로, 사람들의 생활을 개선시키는 데 중요한 역할을 한다. 멀리 떨어진 지역에서도 자전거 관련 업체를 세워서, 지역 경제도 활성화시키면서 부를 증진시키는 기회를 만들어준다. 다른 한편, 베이징 같은 발전된 거대도시에서 자전거는 수십 년 동안 사람들의 핵심적인 교통수단이었다. 중국의 급격한 경제적, 사회적 발전에도 불구하고 자전거는 여전히 경제 활동에 사용되는데, 좁고 북적거리는 거리를 쉽게 다닐 수 있기 때문이다.

오리건 주 포틀랜드에 있는 움직이는 도서관은 운이 좀 없는 사람들을 위해 현실을 바꿀 수 있는 교육의 기회를 제공한다. 또 다른 사람들에게 자전거는 즉각적으로 창의성을 표현할 수단이다. 어떤 회사에서는 에너지 소비와 페달 출력을 비교하는 식으로 자전거를 교육수단으로 활용하기도 한다.

더 편하지만 마찬가지로 중요한 사례로는 자본주의에 맞서는 기묘한 형태로 자전거를 이용하는 개인도 포함된다. 한편 '파인 앤드 댄디Fine and Dandy'에서 일하는 매트에게 자전거는 믿음직한 조수이면서, 패션 위기에 처한 사람들을 구하는 중요한 임무도 띤다.

도움이 필요한 많은 사람들에게(어떤 경우는 인생을 바꾸기도 한다) 자전거는 조용하지만 매우 분명한 방법으로 '변화를 만든다'.

리-사이클

"자전거가 사람들의 삶을 더 낫게 만들어준다고 하는 것은 진정성 없는 상투어가 아닙니다. 1998년 우리 프로그램을 시작한 이후 우리는 무엇보다 실제로 어떤 것을 성취했는지를 살펴봤어요. 아프리카의 가난한 지역은 자전거와 함께 이익을 얻고 있고, 또 이는 확산되고 있습니다." 이렇게 말하는 데릭Derek은 리사이클 Re-cycle에서 2006년부터 일하고 있다. 그는 이전 직장에서 해고된 이후 인생을 송두리째 변화시키는 일을 찾았다.

　"생활용품을 공급자에서 소비자에게 연결해주는, 숨어 있는 교통 인프라를 잠시 생각해봅시다. 그리고 우리가 당연시하는 편리한 교통이 없는 같은 과정도 상상해보세요. 우리의 작업은 단순합니다. 차고나 창고에 잠자고 있는 자전거의 기부를 촉구하지요. 우리는 못 쓰는 자전거를 분해하거나 수리 가능한 자전거는 컨테이너에 적재할 준비를 하는데, 한 번에 보통 400대를 실어요. 이것이 아프리카에 있는 거래 업체에 도착

DR Congo   364
             80
Ghana   15,490
          1,576
Gambia   475
           350
           140

하면, 자전거를 배분하기 전에 새로 손을 봅니다. 자선사업의 다른 측면은 자전거 정비 교육을 해주는 것이죠. 누군가에게 교통수단을 주는 것은 좋은 일이지만, 그것이 유지되기를 바랍니다.

아프리카 빈곤 지역에 거주하는 수많은 사람들은 교통수단이 드물거나 아예 없어요. 이동할 수 없으면 개인 또는 사회의 발전은 느리거나 불가능하죠. 자전거는 보기에는 간단하지만 시간이 걸리거나 힘든 노동의 부담을 덜어줍니다. 자전거가 있으면 물을 긷거나 장작을 모으는 것이 빨라져요. 그리고 남는 시간은 사를 개선하거나 고용 증대의 기회로 활용할 수 있지요. 또한 자전거는 소규모 장사를 가능하게 하고, 농부는 더 먼 지역에 있는 새로운 소비자를 만날 기회를 찾을 수 있어요.

지금까지 우리는 아프리카 국가들에 100대가 넘는 컨테이너에 약 4만 2,000대의 자전거를 실어 보냈어요. 우리의 성과는 자신들의 시간과 돈 그리고 무엇보다 중요한 자전거를 기부한 사람들의 놀라운 지원이 없었다면 불가능했을 겁니다."

베이징 짐 자전거

베이징이라는 거대한 도시에서 무거운 짐을 싣고 다니는 세 바퀴 자전거는 지금도 남아 있고, 실제로 번성하고 있다. 이런 현상은 부분적으로 트럭의 시내 진입을 금지하는 법 때문이기도 한데, 그 덕에 더욱 작고 친환경적인 교통수단이 성업하고 있다. 이 방식은 특히 지속적으로 성장하고 심하게 오염된 세계의 다른 도시들도 배울 점이 많을 것이다.

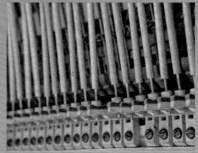

자전거 밴드

고정 무대의 대중음악 공연에 대한 암스테르담의 규제를 피하기 위해 바크피츠 밴드 Bakfiets Band는 재즈에 다른 음악을 섞은 그들만의 음악을 시민들에게 들려줄 수 있는 교묘한 방법을 찾아냈다. 기발하게도 오래된 생선장수용 자전거 카트를 움직이는 특별 무대로 개조해서 소형 피아노와 드럼 세트, 첼로를 조합했는데, 색소폰 연주자가 페달을 밟아 전진한다.

볼레 밴드

암스테르담의 볼레 밴드Volle Band는 폭넓은 오디오-비주얼 효과를 얻기 위해 소리와 이미지, 컴퓨터 모듈을 거치할 수 있도록 특별한 브래킷을 자전거에 부착했다. 데이터는 무선으로 자전거끼리 전송되고, 각 자전거마다 달려 있는 센서는 다이내믹한 악기 소리를 내는 데 이용된다. 하지만 두 대의 사운드 자전거가 서로 보완하는 악기를 연주할 때는 간단한 조정 작업이 필요하다.

위대한 혁명

"스위치를 켜서 주전자의 물을 끓이는 것은 정말 쉽지요. 하지만 아침에 커피 한 잔을 마시는 데는 물이 조금밖에 들지 않아요. 이게 습관의 힘이죠. 너무나 쉽게 주어지는 그런 에너지를 만들어내기 위해 무슨 자원이 사용되는지는 거의 고려하지 않아요. 하지만 주전자를 끓이기 위한 3킬로와트의 에너지를 얻으려고 60분 동안 자전거를 타야 한다면, 에너지 소비에 대한 생각도 달라질 겁니다. 별볼 것 없는 자전거라도 피부에 와 닿는 단순한 말로 표현하자면, '힘들인 만큼 출력이 나온다'입니다." 이렇게 설명하는 이는 비영리 교육단체인 '위대한 혁명Magnificent Revolution'의 애덤Adam이다.

애덤은 2007년부터 사람들이 자신의 에너지 소비에 대해 능동적으로 자각하도록, 그리고 재활용 기술과 저탄소 생활을 통해, 또 사람들이 스스로 각자의 작은 발전소를 만드는 것으로 어떻게 환경을 바꿀 수 있는지를 교육해왔다.

"사이클인Cycle-in 극장은 이름 그대로예요. 우리는 런던 주변의 다양한 장소에서 영화 이벤트를 후원하거나 주최합니다. 관객들은 자전거를 타고 극장에 와서 자전거를 발전기에 거치한 다음, 페달을 밟아 필름 프로젝터와 사운드 시스템에 필요한 에너지를 만들어내지요. 자전거 스무 대로 1킬로와트의 공짜 에너지를 만들 수 있어요.

이 극장은 오락뿐 아니라 교육을 겸한 목적으로 꾸며졌어요. 영화를 보는 동안 사람들이 얼마나 많은 에너지를 만들어내고 또 소비하는지를 보여주는 겁니다. 영화를 즐기면서 동시에 칼로리를 소모하는 방법으로 이보다 더 나은 것이 있을까요!"

"우리는 노숙자를 위해 자전거로 움직이는 도서관입니다." 두 아이의 어머니이자 작가이며 길거리 도서관 Street Books의 설립자인 로라 몰턴Laura Moulton의 말이다.

"책 반납 기간이나 연체료 같은 것은 없어요. 하루를 충분히 감당할 수 있을 만큼 후원자는 많아요. 정규 도서관과 달리 신분증이나 주소를 알려줄 필요도 없어요. 도서관은 순수하게 신용으로 운영됩니다. 책을 다 읽으면 돌려준다는 동의를 조건으로, 낡은 학교 도서관 카드에 사인만 하면 책을 빌릴 수 있어서 이용자들도 놀라죠. 이용자들은 약속한 대로 책을 돌려줘요. 오히려 빨리 돌려주겠다고 말하는 경우도 있어요. 어떤 손님은 빌려간 책을 도둑맞았거나 비에 훼손되었다고 사과하는 경우도 있는데, 그들의 배려에 되레 감동을 받아요. 책을 되돌려줄 때는 가끔 그 책을 읽은 경험에 대해 한동안 이야기를 들려주기도 해요. 이것은 매우 중요한 대화인데, 왜냐면 결국은 좋은 책에 대한 두 사람의 토론이 되기 때문이지요.

단지 바깥에서 산다는 이유만으로 그들이 덜 똑똑하고, 표현에 서툴며, 지식에 목말라 있지 않은 것은 아니에요. 인생이 이들에게 변화구를 던진 것뿐이죠. 많은 사람들은 안정된 직업을 가지고 있지만, 어쩔

길거리 도서관

수 없는 상황에서 운이 바뀌면 거리의 삶으로 추락할 수도 있어요. 나는 물론 다른 사람들도, 좋은 독서의 힘과 그것이 가져다주는 현실 극복 능력을 본능처럼 잘 알고 있죠. 우리는 서점에 들어가 책을 사거나 지역 도서관을 당연하게 이용합니다. 거리에 사는 사람들은 왜 이런 식으로 책을 보면 안 되나요?"

로라는 일주일에 두 차례 이상 빠지지 않고 오리건 주 포틀랜드 시내를 책으로 가득 찬 우아한 맞춤 제작 자전거를 타고 다닌다.

"나는 후원자의 선택에 따라 시간에 맞춰 합의된 장소로 가는 것이 아니에요. 길거리 도서관은 후원자들에게는 하나의 일상이고, 나는 가진 것이 거의 없거나 아예 없는 사람들에게 체계와 습관을 제공할 뿐이에요.

길거리 도서관은 지역사회의 놀라운 후원과 고객들 덕분에 성공적으로 안착했어요. 지금은 나를 도와줄 다른 길거리 도서관 사서도 고용했고, 다른 도시에 살면서 자신의 길거리 도서관을 열고 싶어 하는 사람들로부터도 많은 관심을 받고 있어요. 내 고객들은 가진 것은 없을지 몰라도 지식에서는 부자예요."

댄디 911

댄디 911은 뉴욕에 있는 남성 액세서리 전문점 파인 앤드 댄디Find and Dandy의 긴급 배달 서비스다. 이 서비스는 의류와 관련한 모든 문제를 해결해준다. 이 가게의 주인인 매트 폭스Matt Fox는 세련된 복장에 대한 애정을 할아버지에게서 물려받았다.

"스타일에는 규칙이 없어요. 그냥 뒤섞고 맞추는 거죠. 무엇이든 당신이 정말 좋아하는 것을 입으세요. 그리고 약간의 재능을 보여주는 것을 두려워하지 말고요."

'신사들을 위한 액세서리'의 공급자인 그는 복장에 문제가 생겼을 때 전화 한 통화면 닿을 수 있는 거리에 있다. 새것이지만 빈티지 스타일의 스윈 배달 자전거를 타고 그는 도움이 필요한 곳으로 달려간다. 그가 들고 가는 물건은 아마도, 커머번드 Cummerbund(턱시도를 비롯한 예복 정장 안쪽에 착용하는 일종의 복대-옮긴이)나 손수건, 포켓 스퀘어Pocket square(양복 주머니에 장식용으로 꽂는 손수건-옮긴이), 넥타이, 또는 양말일 것이다. 맨해튼 14번가에서 89번가까지는 그보다 더 안전한 방법이 없다.

페니파딩 우체국

"나는 내 성공의 희생자예요. 특히 일이 잘되고 있을 때 그만두고 싶지는 않았어요. 하지만 불편한 다리를 쉬려면 나로서는 주저하면서도 그 일을 끝낼 수밖에 없었죠. 게다가 나는 집에 거의 있지 않았고, 페니파딩은 계속 낡아만 갔죠!" 행위예술가인 그레이엄 에클스Graham Eccles의 설명이다. 그는 고향인 콘월의 부드Bude에서 특별한 우편배달을 시작했다. 그레이엄은 우체국을 하기로 마음먹기 훨씬 전에 인터넷에서 차퍼 스타일의 핸들바를 달고 있는, 단 하나뿐인 특별한 페니파딩을 보고는 충동적으로 구매했다.

"하루에도 엄청나게 쏟아지는 편지에 둘러싸여 로열 메일Royal Mail(영국 국영 체신부)의 시장 점유율을 떨어뜨리겠다고 진지하게 시도한 것은 절대 아니었어요. 약간의 재미를 추구하는 페니파딩 우체국은 2012년 4월 로열 메일의 특급우편 폭증에 대한 한 사람의 유쾌한 저항이었죠. 하지만 나도 똑같이 25펜스 스탬프로 일을 시작했어요. 나 자신만의 '페니파딩 블랙'이라는 스탬프도 디자인하고 프린트하기도 했지요. 지역 가게들은 편지 수집 장소가 되어주었고, 그 후에는 낡은 가스통을 이용해 밝은 노란색의 우체통을 만들었어요. 그날의 마지막 편지를 수집한 후에는 이튿날 배달을 위해 집에서 편지를 분류했는데, 어린 두 아이들을 돌봐야 해서 그 작업도 쉽지 않았죠. 가장 많을 때는 하루에 150통 이상의 편지를 면밀하게 설정한 15마일짜리 루트를 따라 배달했습니다. 우편배달원으로서의 삶은 짧았지만 대단히 즐거웠어요. 나는 높은 곳에 앉아 일을 해냈거든요."

Bude
Penny Farthing Post

LETTERS
Six Days A Week
Next Day Delivery
All For The FAIR Price Of

Only 25 Pence

Collections
Monday thru Saturday
From BUDE Town
Monday, Wednesday & Friday Collections
from Marhamchurch & Widemouth

Your Local Penny Farthing Post Stamp Retailer For Details

or contact us

빔 자전거

"우리의 목표는 오디오-비주얼 기술을 통해 공공장소를 확보하고, 사람들에게 자전거가 얼마나 다양할 수 있는지를 보여주는 것입니다. 또 관객이 공공장소의 가능성과 아름다움을 더욱 잘 이해하게 만드는 것이지요." 이렇게 설명하는 디디에르Didier와 단 디르크Daan Dirk는 암스테르담의 볼레 밴드Volle Band 창립 멤버. 볼레 밴드는 공공장소에서 공연하는 자전거로 구성된 암스테르담의 예술 프로젝트다.

디디에르의 설명이 이어진다.

"우리 둘이 낡은 캠핑카에 스무 대의 텔레비전으로 창문과 벽에 있는 구멍을 통해 바깥으로 빛을 비춘 것이 시작이었어요. 공연을 더욱 역동적으로 만들기 위해 자전거 핸들바에 작은 텔레비전을 달았죠. 그리고 곧 작곡과 음악 기술을 공부한 죠레드Sjored와 철학과 의약을 공부한 올레Olle, 오스트리아에서 클래식 기타를 배운 기타리스트 자크Zac가 힘을 보탰습니다. 암스테르담에서 공부하는 동안 우린 함께 지냈어요. 우리는 악명 높은 크비크피츠Kwikfiets 자전거 정비 숍에서 자주 만났는데, 이곳은 수많은 예술적 협동 작업의 출발점이 되었지요.

우린 함께 모든 형태의 오디오-비주얼 대중 공연을 실현하기 위해 멀티미디어 자전거 세트를 개발하면서 모바일 아이디어로 영역을 넓혔어요. 빔Beam 자전거는 짐 자전거를 개조한 것으로, 우리는 '모선mothership'이라는 애칭으로 부릅니다. 여기에는 한두 개의 프로젝터와 오디오 믹서를 갖춘 스피커 세트, 작은 컴퓨터 그리고 헤드라이트를 겸하는 두 개의 대형 라이트가 갖춰져 있는데, 이들 장치는 네덜란드에서는 모든 자전거에 합법적이고, 어두운 곳에서 공연할 때는 조명이 되지요."

프로젝터는 네덜란드어로 '비머beamer'라고 불리는데(아마도 잘못된 영어 표현인 듯), 빔 바이크라는 이름도 여기서 유래했다.

"자전거를 통해 우리는 대중과 공감하죠. 거리에서 큰 소리를 내는 방송 장비로 피해를 주려는 게 아니에요."

브롬톤

"제 첫 자전거는 롤리 치퍼Chipper였어요. 차퍼Chopper가 아닙니다. 물론 차퍼였으면 싶었죠! 10대를 거쳐 성인이 막 되었을 때는 그저 시간 때우기로 자전거를 탔어요. 하지만 메트로폴리탄 경찰로 옮겨가면서 자전거에 대한 애정을 재발견했어요." 경사 타이터스 할리웰Titus Halliwell의 설명이다.

"열차를 타고 통근했는데, 역으로 오갈 때 좀 서둘러야 해서 접이식 자전거인 브롬톤Brompton을 구입하기로 마음먹었어요. 브롬톤은 단순했고, 활발히 활동하는 동호회에도 가입했죠. 이 모임은 영국의 완벽한 발명품을 가진다는 것에 대해 토론하기에도 멋진 곳이었죠.

슬프게도 나의 첫 자전거는 도둑맞고 말았어요. 나는 지금 런던교통국의 대도시권 기금의 자전거 전담팀을 맞고 있으니 아이러니한 일이지요. 우리는 서른 명의 경찰관으로 구성된 팀으로, 자전거 도둑을 단속합니다. 작년에 자전거 도둑 신고가 2만 1,000건 이상이나 있다는 사실은 그 뒤에 무언가가 있음을, 단지 좀도둑만 있는 것이 아님을 말해주죠. 자전거 도둑의 빈곤과 불안을 이용해서 엄청난 수입을 얻고 있는 조직된 갱들이 더 많아요. 자전거 도둑을 막기 위해 우리는 자물쇠를 채우는 좋은 습관을 추천하는 것과 함께 세 개의 R로 이뤄진 주문을 알려드려요. 기록하고Record, 등록하고Register, 신고하라Report는 것이죠. 자전거 프레임의 일련번호를 상세히 기록하고, 온라인으로 www.BikeRegister.com에 등록하며, 자전거 도둑은 경찰에 꼭 신고하세요.

내가 자전거를 잘 선택했다는 것은 투르드프랑스를 보기 위해 이틀 동안 런던에서 파리까지 자전거를 타고 갔을 때 증명되었죠. 돌아오는 길에 나는 브롬톤을 접어서 손가방처럼 열차에 쉽게 들고 탈 수 있었지만, 동료들은 고생 좀 했죠.

롤리 익스플로러

우주 경쟁에서 영감을 받은 롤리 익스플로러 자전거는 귀를 찢는 듯한 피프코Pifco의
초음속 경적을 달고 있는, 클래식한 1950년대의 로드스터Roadster(우리나라에서 한
때 '신사용' 자전거로 불린 모델이다. 내구성을 최우선으로 제작되었고, 다이아몬드 프
레임, 머드 가드와 체인 가드, 안쪽으로 꺾인 핸들바 등이 특징이다. 영국을 중심으로
19세기 말부터 생산되었다—옮긴이) 모델이다. 내구성과 최소한의 정비를 목표로 제작
되어 싱글 스피드 기어를 채택했다. 디자인이나 제작 측면에서 무게를 줄이려는 노력은
시도되지 않았다. 노스 로드North Road 핸들바(런던의 노스 로드 자전거 클럽에서 이
름이 유래했다. 손잡이가 안쪽으로 꺾여 자세를 편안히 유지해준다. 지금도 어린이용과
여성용 자전거에 사용된다—옮긴이)와 스프링이 달린 가죽 안장, 그리고 유명한 왜가리
로고의 헤드배지에 주목할 필요가 있다.

파리

유용한 자료들

자전거 숍

바이시클 라이브러리
The Bicycle Library
www.thebicyclelibrary.com

브릭스톤 사이클스 **Brixton Cycles**
www.brixtoncycles.co.uk

차퍼돔 **Chopperdome**
www.thechopperdome.com

사이클롭 바이크스 **Cyclope Bikes**
www.cyclopebikes.fr

엔 셀레 마르셀 **En Selle Marcel**
www.ensellemarcel.com

엑셀러 바이크 **Exceller Bikes**
www.excellerbikes.com

파란도프 알틀란드스베르그
Fahrrandhorf Altlandsberg
www.aufs-rad.de

호스 사이클스 **Horse Cycles**
www.horsecycles.com

이치 바이크 **Ichi Bike**
www.ichibike.com

올드 바이시클 컴퍼니
The Old Bicycle Company
www.theoldbicycleshowroom.co.uk

서전트 앤드 컴퍼니 **Sargent & Co.**
www.sargentandco.com

도쿄 픽스드 기어 **Tokyo Fixed Gear**
www.tokyofixedgear.blogspto.kr

벨로 빈티지 **Vélo Vintage**
www.velo-vintage.com

718 사이클러리 **718 Cyclery**
www.718c.com

자전거 패션과 액세서리

올웨이즈 라이딩 **Always Riding**
www.alwaysriding.co.uk

바이시클 데칼스 **Bicycle Decals**
www.bicycledecals.net

브룩스 잉글랜드 **Brooks England**
www.brooksengland.com

컨투어 **Contour**
www.contour.com

르 코크 스포르티프 **Le Coq Sportif**
www.lecoqsportif.com

라파 **Rapha**
www.rapha.cc

서브 **Swrve**
www.swrve.co.uk

투 앤 프로 **TWO n FRO**
www.twonfro.com

어번 스포크 **Urban Spokes**
www.urbanspoke.com

자전거 제조사

바이시클 애드 포 아프리카
Bicycle Aid for Africa
www.re-cycle.org

위대한혁명 **Magnificent Revolution**
www.magnificentrevolution.org

길거리 도서관 **Street Books**
www.streetbooks.org

볼레 밴드 **Volle Band**
www.volleband.nl

동호회

바이커리스트 **The Bikerist**
www.thebikerist.com

사이클링 홀리데이 **Cycling holidays**
www.skedaddle.co.uk

거버너 모임 **The Guvnors' Assembly**
www.theguvnorsassembly.com

록 7 사이클 카페 **Lock 7 Cycle cafe**
www.lock-7.com

스타 바이크 렌탈 암스테르담
Star Bikes Rental Amsterdam
www.starbikesrental.com

탈리 호 사이클 투어
Tally Ho Cycle Tours
www.tallyhocycletours.com

트위드 런 **The Tweed Run**
www.tweedrun.com

참고한 사이트

BSA 폴딩 바이크 **BSA folding bike**
www.bsabikes.co.uk

클래식 라이트웨이트
Classic Lightweights
www.classiclightweights.co.uk

클래식 랑데뷰 **Classic Rendezvous**
www.classicrendezvous.com

폴딩 소사이어티 **The Folding Society**
www.foldsoc.co.uk

히스토릭 헤친스 **Historic Hetchins**
www.hetchins.org

런던 픽스드기어 앤드 싱글스피드 포럼
**London Fixed-gear and
Single-speed Forum**
www.lfgss.com

내셔널 사이클 콜렉션
National Cycle Collection
www.cyclemuseum.org.uk

롤리 차퍼 동호회
The Raleigh Chopper Owners Club
www.rcoc.co.uk

베테랑 사이클 클럽
The Veteran Cycle Club
www.v-cc.ogr.uk

빈티지 스윈 **Vintage Schwinn**
www.vintageschwinn.com

보안과 안전

펀드라이징 앤드
레크리에이셔널 사이클 라이드
**Fundraising and
recreational cycle rides**
www.bike-events.com

헌힐 벨로드롬 **Herne Hill Velodrome**
www.hernehillvelodrome.com

레로이카 **L'Eroica**
www.eroicafan.it

런던 하드코트 바이크 폴로 협회
**London Hardcourt Bike Polo
Association**
www.lhbpa.org

자전거 타고 세계 일주한 남자
The man who cycled the world
www.markbeaumontonline.com

페니파딩 월드 투어
Penny-Farthing World Tour
www.calloftheroad.smugmug.com

롤라팔루자 **Rollapaluza**
www.rollapaluza.com

사진 출처

자신의 '멋진 자전거'를 촬영하게 허락해준 모든 분들에게 감사드린다.

모든 사진은 다른 설명이 없는 한 모두 린던 맥닐이 찍은 것이다.
www.lyndonmcneilphotography.com

함께하기

14~17쪽 브리기의 자전거포. 브리기, 런던
18~19쪽 픽스드 앤 칩스. 개빈 스트레인지, 영국 브리스톨(사진 개빈 스트레인지
www.boikzmoind.com
20~21쪽 목요일 클럽. 존 로즈. 웨스트 미들랜즈(영국)
22~23쪽 호스 사이클스. 토머스 캘러헌. 브루클린, 뉴욕
24~25쪽 협동조합. 브릭스톤 사이클스. 런던
26~28쪽 올드 바이시클 컴퍼니, 팀 건, 에섹스(영국)
29~31쪽 클래식 라이더스 클럽, 브루클린, 뉴욕
32~35쪽 자전거 본부, 빌 폴라드, 노샘프턴(사진 린던 맥닐 & 스티브 라이드아웃.
www.rideoutphoto.co.uk)
36~37쪽 '거꾸로' 자전거 숍, 718 자전거 숍, 조지프 노셀라, 브루클린, 뉴욕
38~39쪽 자전거 도서관, 카타 힐리, 런던
40~41쪽 차퍼 돔, 암스테르담(네덜란드)
42~43쪽 서전트 앤드 컴퍼니, 롭 서전트, 런던
44~45쪽 벤저민 사이클스, 벤 펙, 브루클린, 뉴욕
46~48쪽 이치 바이크, 다니엘 쾨니히, 로와(사진 질 브라운, www.jillbrownphotography.com)
49쪽 스타 바이크 카페, 린다 플루이머스, 암스테르담
50~51쪽 패슬리 거버너 애호가, 애덤 로저스
52~53쪽 크비크피츠, 빌렘, 암스테르담
54쪽 버닝맨, 네바다(사진 마크 판 보덴베르그, www.amsterdamize.com)
55쪽 바이커리스트, 에탕 즈베르, 파리(사진 파이커리스트, 예레미 보뤼 www.thebikerist.com
56쪽 록 7, 런던
57쪽 파란도프 알틀란드스베르그, 페테르 호르츠만, 독일(사진 올리버 슐츠, www.fotokamikaze.de)
57쪽 엑셀러 바이크, 크리스티앙 캄퓌스, 브뤼주(벨기에)

해보는 거야

60~63쪽 자전거 세계 일주, 마크 보몬트, 퍼스셔, 스코틀랜드(사진 크리스 해던)
64~65쪽 자전거 폴로. 런던 하드코트 자전거 폴로 협회
66~67쪽 올림픽 영웅. 토미 고드윈, 솔리홀, 웨스트 미들랜즈(영국)
68~69쪽 촌뜨기, 짐 설리번, 런던
70~71쪽 레로이카. 이탈리아(사진 안젤로 페릴로. www.ferrilloshots.it)
72~73쪽 브릭스톤 빌리, 윌리엄 프렌더개스트, 런던
74~75쪽 페니파딩 세계 일주, 조프 서머필드, 런던
76쪽 헌힐 벨로드롬, 헌힐, 런던
77쪽 롤라팔루자, 런던(사진 롤라팔루자 아웃리치, 리틀 몬스터스 펀드레이저 이벤트.
www.rollapaluza.org)

괴짜들

82~85쪽 캘리, 카운트 마틴 드 캘리 본 캘로몬, 서포크(영국)

86~87쪽 디자이너, 톰 캐런, 케임브리지(영국)
88~90쪽 어번 부두 머신 밴드, 폴로니 엔젤, 레이디 에인 엔젤, 런던
91쪽 야시와 로이, 야서민 리차드, 런던
92~93쪽 어번 어솔트 커브 크롤러, 닐 스탠리, 에섹스(영국)
94~97쪽 툰, 툰 바우만, 퀴크, 네덜란드
98~100쪽 옐로 저지, 폴 스미스 경, 런던
101쪽 르준, 쉬크레 도르지, 파리
102~103쪽 앨런 슈퍼 골드, 존 에이브러햄스, 리밍턴 스파, 바르빅셔
104~107쪽 로열 메일 특별배송, 엘리자베스 조스, 브루클린, 뉴욕
108~111쪽 스윈, 에스텔레 빌슨, 베드포드셔(영국)
112~114쪽 롤리 차퍼, 노먼 제이 MBE, 런던
115~117쪽 마테오, 마테오 살롱, 파리. 사진 www.lecomptoirgeneral.com
118~120쪽 흘러간 시절, 사이먼과 웬디 도허티, 마켓 하버러, 리세스터셔(영국)
121쪽 벨로 빈티지, 우고 바디아, 에드슨 델가도, 파리
122~125쪽 완벽주의자, 가이 레서, 브루클린, 뉴욕
126~127쪽 필립스와의 사랑, 해나 뉴엄, 런던
128~129쪽 개스킬의 흡 숍, 아담 개스킬, 머피보로, 테네시(사진 대니엘 유리 루이스)
130쪽 BSA 접이식 자전거, 버논 크리스프, 에섹스(영국)
131쪽 미즈타니 슈퍼사이클, 브루노 우르보이, 파리
132쪽 엘스윅호퍼 스쿠페드, 데이비드 그레이, 미들섹스(영국, 사진 크리스 해던)
132쪽 차리에 카페, 리에 스와다, 베를린, 독일(사진 리에 사와다)
133쪽 핵 벙커 터널, 켈브돈 해치, 에섹스(영국)
133쪽 최고의 신문 배달원 선발대회, 미크 킬랜드, 웨스트 서섹스(영국, 사진 크리스 해던)

변화를 만들다

136~138쪽 리-사이클, 데릭 포드햄, 에섹스(영국, 사진 린던 맥닐 & 제이슨 핀치)
139쪽 베이징 짐 자전거, 차오양, 북경, 중국(사진 나타니엘 맥헤이혼 www.nathanielmcmhon.com)
140~141쪽 자전거 밴드, 드 바크피츠 밴드, 암스테르담(네덜란드)
142쪽 볼레 밴드, 암스테르담(네덜란드)
143쪽 위대한 혁명, 애덤 워커, 런던
144~145쪽 길거리 도서관, 로라 몰턴, 포틀랜드, 오리건(미국, 사진 조디 다비 www.jodidarby.com)
146~147쪽 댄디 911, 파인 앤드 댄디, 매트 폭스, 맨해튼, 뉴욕
148~149쪽 페니파딩 우체국, 그레이엄 에클스, 부드, 콘월(영국, 사진 크리스 해던)
150~151쪽 빔 자전거, 암스테르담(네덜란드)
152~153쪽 브롬튼, 타이터스 할리웰, 런던
154쪽 롤리 익스플로러
155쪽 키클롭스 자전거, 파리

추가 사진 설명

1쪽 롤리 차퍼
2~3쪽 차퍼 돔
4쪽 흡스
6쪽 클래식 라이더스 클럽
9쪽 브리기의 자전거포
12쪽 자전거 본부
58쪽 페니파딩 세계 일주
80쪽 스윈
134쪽 댄디 911
157쪽 최고의 신문배달원 선발대회
160쪽 목요일 클럽

역자 후기 지난 10여 년간 자전거 분야에 몸담아왔고, 10여 권의 자전거 관련 책을 써왔지만 이 책만큼 내게 독특한 감흥과 영감을 준 콘텐츠는 드물었다. 무엇보다 다채롭고 풍성한 빈티지 문화가 부러웠다. 우리는 종종 '빈티지'를 돈으로 재단하는 수가 많은데, 사실 빈티지는 경륜과 격조, 미학, 품위 같은 고상한 식견이 바탕이 되어야 비로소 이해하고 소비할 수 있는 '느림과 성찰의 세계'라는 것을 이 책을 통해 공감했으면 한다. 생활 속 여유와 문화가 조금씩 일상화되는 우리도 조만간 이를 향유할 수 있을 것이란 확신이 든다. 독자 개개인에게는 문화와 감성의 고양을, 업계에는 새로운 비즈니스 아이템을 찾는 계기가 되기를 기대한다.

글 크리스 해던
Chris Haddon
약 20년 경력의 다재다능한 디자이너다. 복고풍이라면 무엇이든 가리지 않고 덤벼들며, 수집한 빈티지 캐러밴 중의 하나인 1960년대 에어스트림을 개조해서 스튜디오로 쓰고 있기도 하다. 복고풍 캐러밴과 어울리는 완벽한 클래식 자동차를 갈망해왔고, 결국 포르쉐 912의 자랑스러운 오너가 되었다. 이제 그는 빈티지 자전거도 수집하고 있다.

사진 린던 맥닐
Lyndon McNeil
15년 이상 길에서 달리는 자동차를 사진기에 담아온 사진작가로, 자동차 사진작가상을 만들고 수상하기도 했다. 자동차들과 모든 달리는 것들, 값으로 따질 수 없는 고전적인 아이템 분야의 전문가이다. 주변을 활용한다든지, 스튜디오, 외진 주차장 지하 또는 스위스 알프스 산맥에서도 작업한다. 배경과 자연광이 주제를 분명하게 하고, 사진의 분위기를 극적으로 연출한다고 믿고 있다.

옮김 김병훈 고려대 철학과를 졸업하고 일간지와 잡지 기자를 거쳐 2002년 국내 최초의 본격 자전거 전문지 월간 〈자전거생활〉을 창간했다. 〈자전거생활〉 편집장을 지냈고 지금은 발행인이다. 자전거와 여행 관련 책을 다수 집필했다. 주요 저서로는 《한국인이 운전을 못하는 이유》, 《호모 케이던스의 고백》, 《주말이 기다려지는 행복한 자전거여행》, 《대한민국 여행사전》(공저), 《대한민국 걷기사전》(공저), 《대한민국 감동여행》(공저), 《제주 자전거여행》, 《산성 삼국기》, 《자전거의 거의 모든 것》 등이 있다.

자전거를 좋아한다는 것은
초판 1쇄 | 2014년 9월 1일

글 | 크리스 해던 사진 | 린던 맥닐 옮김 | 김병훈
펴낸이 | 정미화 기획편집 | 정미화 정일웅 디자인 | 조수정
경영총괄 | 유길상 콘텐츠지원 | EK티처 콘텐츠운영 | 정문규 채상진 콘텐츠마케팅 | 송제승 김대환 이청수
펴낸곳 | (주)이케이북 출판등록 | 제2013-000020호 주소 | 서울시 용산구 두텁바위로 7 (갈월동, 국제빌딩4층)
전화 | 02-2038-3419 팩스 | 0505-320-1010 홈페이지 | ekbook.co.kr 전자우편 | ekbooks@naver.com

ISBN 978-89-968973-9-2 03840

이 책은 저작권법에 따라 보호받는 저작물이므로 무단 전재와 복제를 금합니다.
이 책의 일부 또는 전부를 이용하려면 저작권자와 (주)이케이북의 동의를 받아야 합니다.
이 도서의 국립중앙도서관 출판사도서목록(CIP)은 e-CIP 홈페이지(http://www.nl.go.kr/ecip)에서 이용하실 수 있습니다.
(CIP 제어번호 : CIP2014024200)
잘못된 책은 구입하신 곳에서 바꾸어드립니다.

(주)이케이북은 온오프라인을 연결하는 멀티미디어 콘텐츠를 개발하여 쉽고 전문적인 지식을 세상과 나누고자 합니다.
EK는 지식을 즐기고, 지식에 앞서자(Enjoy Knowledge, Excel in Knowledge)라는 의미로, 일상에서 즐기는 지식 덩어리를 말합니다.